BVT

Die Schwester ist kränklich und beansprucht die ständige Aufmerksamkeit der Mutter. Sie ist die erste und engste Spielkameradin, Miterfinderin wunderbarer Phantasiewelten. Sie ist eine haßerfüllte Gegnerin und begehrtes Objekt schwesterlicher Liebe. Die Krankheit treibt sie schließlich in eine immer größere Verletzbarkeit und Schwäche, die der Schwester gegenüber in Kälte und Grausamkeit umschlägt. Als sie stirbt, hinterläßt sie die Erzählerin in einem Zustand der Lähmung. Selten ist mit solch anrührender Offenheit und solch stilistischer Souveränität zugleich geschrieben worden. Ein literarisches Meisterwerk, das von großer Unerschrockenheit und Menschlichkeit zeugt.

Keto von Waberer, geboren in Augsburg und aufgewachsen in Tirol, studierte Architektur in München und Mexiko. Sie arbeitet als Übersetzerin und Schriftstellerin und lebt heute in München. Im Berliner Taschenbuch Verlag sind bereits ihr Roman *Blaue Wasser für eine Schlacht* und ihre Erzählbände *Fischwinter* und *Der Schattenfreund* erschienen.

Keto von Waberer

Schwester

Berliner Taschenbuch Verlag

September 2004
BvT Berliner Taschenbuch Verlags GmbH, Berlin ·
Umschlaggestaltung: Nina Rothfos und Patrick Gabler, Hamburg, unter Verwendung des Gemäldes »Die Schwestern des Künstlers«, 1826, von Constantin Hansen · Typographie: Renate Stefan · Gesetzt aus der Aldus durch psb, Berlin · Druck & Bindung: GGP Media, Pößneck · Printed in Germany · ISBN 3-8333-0100-7

A zero sum game, our extravagant happiness,
matched or cancelled
by the equal and opposite unhappiness of others …

Aus: Michael Hofman, »Approximately Nowhere«

Ein Nullsummenspiel: unser extravagantes Glück,
aufgewogen oder annulliert
durch sein ebenso großes Gegenteil:
das Unglück der andern …

Deutsch von H. M. Enzensberger

Im Supermarkt, vor einem Regal mit Waschmitteln, fange ich an zu weinen und kann nicht mehr aufhören.

Ich weine an der Kasse beim Bezahlen. Ich weine auf dem Rad, als ich nach Hause fahre. Ich kümmere mich nicht um die Leute, die mich vorsichtig aus dem Augenwinkel beobachten oder einfach anstarren.

Zu Hause beruhige ich mich. Ich denke, mein Leben wird weitergehen wie immer, aber nachts wache ich schwitzend auf und muß mein Bett neu beziehen und mein T-Shirt wechseln. Dabei ist mir nicht heiß, sondern eiskalt, und ich kann nicht aufhören, mit den Zähnen zu klappern. Ich koche Tee und rede mir gut zu und schlafe wieder ein. Noch immer glaube ich, das alles sei vorübergehend. Ich sage mir, ich hätte eben eine schlimme Nacht gehabt. Vertraute Alpträume hätten sich im Dunkeln zusammengerottet, um mich zu überfallen. Ich sage mir, daß ich das alles schon erlebt hätte, daß ich Geduld haben müsste mit mir und daß beim hellen Tageslicht alle Ängste schrumpfen würden. Aber so ist es nicht. Wieder muß ich weinen. Es vergeht kein Tag ohne Tränen. Ich weine vor dem Fernseher liegend, im Café vor meinem Cappuccino sitzend und wenn ich mich plötzlich in einer Schaufensterscheibe gespiegelt sehe. Das alles geht ohne Schmerz vor sich. Es gibt keine Bilder, die in mir aufsteigen, um mich zu quälen oder um mir zu zeigen, was dieses Weinen bedeutet. Die Tränen kommen, wann sie wollen, ganz ohne Grund, so wie die Ängste in meinen Nächten.

Ich brauche sehr lange, um herauszufinden, daß ich um meine tote Schwester weine. Sie ist vor zwei Jahren gestorben.

Ich sitze mit meiner Schwester auf der kleinen Treppe vor unserer Haustür. Es ist Samstag und ein Sommermorgen, und wir haben Ferien. Ich bin acht Jahre alt und habe Zöpfe, die um den Kopf gelegt sind. Nein, am Samstag nicht, in den Ferien nicht, das ist meine Schulfrisur, ehe ich sie mir abschneiden lasse, selbst dafür bezahle, und meine Mutter weint über meinen Bubikopf, während sie Marmelade einmacht am Küchentisch. Nein. Meine Haare sind offen und reichen bis auf den Rücken. Schwarze Haare wie die meines Vaters. Meine Schwester ist dreizehn Jahre alt. Ihre Haare sind kastanienbraun und lockig. Sie hat ein Kleid an, um das ich sie beneide. Ein pfefferminzgrünes Kleid, bedruckt mit winzigen Blumen, einem weißen Kragen und weißen Manschetten an den Puffärmelchen. Das haben unsere Verwandten aus Chile geschickt. Das Kleid kommt von unserer Cousine. Sie ist so alt wie meine Schwester, und wunderbare Kleider kommen von ihr. Es gibt auch einen Vetter, der so alt ist wie ich. Ich trage seine Sporthosen und ein geringeltes T-Shirt.

Wir sitzen auf der Treppe, vier kühlen Betonstufen. Wir haben dort gesessen und auf die Zeitungsfrau gewartet. In der Samstagsbeilage gibt es den Fortsetzungsroman »Geliebte Corinna«, meine Schwester liest ihn mir vor. Hinter uns im Haus hören wir angenehme Geräusche, die bedeuten, daß meine Mutter in der Küche arbeitet. Wir riechen gebratene Zwiebeln. Mein Vater, das hören wir, mäht den Rasen, auf der anderen Hausseite, halb nackt und grassaftbespritzt, aber das sehen wir nicht. Wir können es uns nur vorstellen. Es ist Samstag. Der Vorgarten, an dem es keinen Zaun gibt, weil mein Vater diese Art von Eingrenzung nicht mag, ist noch kahl und ohne Rasen. Mein Vater und ich haben ein paar Büsche gepflanzt und zwei kleine Birken, dort wo die anderen Häuser in dieser Straße ihre Torpfosten stehen haben. Es gibt von der Straße bis zur Treppe einen Weg mit grauen Platten, auf dem schon Ameisen mit ihren Karawanen unterwegs sind. Ich beobachte sie gerne. Es macht mich stolz, daß sie mit uns eingezogen sind, denn dieses Haus steht erst seit einem Jahr, und vorher war das Grundstück nur ein eingezäunter Acker, auf dem Kartoffeln wuchsen, Mais und Mohn.

Die ganze Familie zog jedes Wochenende hierher auf unseren Acker, wir kamen mit der Straßenbahn und dem Bus. Meine Mutter schleppte die Taschen voller Essen: Kartoffelsalat in einer viereckigen Aluminiumschachtel, Hackbraten, der, wenn man ihn anschnitt, das schöne Rund eines gekochten Eis offenbarte, das in ihm steckte, Zwetschgendatschi und Pfefferminztee. Mir gefielen diese Ausflüge. Meine Schwester aber vertrug die Hitze schlecht, und es konnte sein, daß sie nach dem langen heißen Weg keine Luft mehr bekam und sich hinsetzen mußte. Ich hatte schon gelernt, sie zu beobachten. Wie eine Mischung aus Hilfssanitäter und Clown wies ich die Familie auf ihr rotes Gesicht hin und prophezeite altklug das Nahen eines Keuchanfalls. Nur so konnte ich die viele Fürsorge ertragen, die immer ihr galt, die viele ängstliche Aufmerksamkeit, die sie zu einer Person machte, nach der sich oft die ganze Familie richten mußte. Das war mein Beitrag. Ich kam mir wichtig vor und brav. Es war gut, brav zu sein, das hatte ich begriffen. Wer sich nützlich machte und unentbehrlich, auf den blickten Mamas Augen mit diesem ganz matten und perlmuttweißen Glänzen, das nur dann zu sehen war, wenn sie einen besonders liebhatte. Ich bemühte mich um dieses Leuchten.

Meinem Vater waren andere Dinge wichtig. Man mußte ihn zum Lachen bringen und ihm ruppige Zärtlichkeiten aufdrängen, auch das wußte ich schon, oder wußte es vielleicht auch nicht. Ich fühlte es. Es trieb mich dazu, meinen Platz zu sichern neben einer Schwester, die mit Atemnot und Überhitzung, mit fiebrigen Erkältungen und Niesanfällen einen großen Teil der Familienaufmerksamkeit für sich in Anspruch nahm. Meinen Vater zum Lachen zu bringen gelang ihr selten. Sie legte es auch nicht darauf an. Dafür war es ihr ein leichtes, alle Sinne meiner Mutter auf sich zu versammeln. Sie saß im spärlichen Schatten eines wilden Holunderbusches, und meine Mutter goß Wasser aus einer Flasche auf ein Tuch und legte es ihr auf die Stirn. Die klaren Wassertropfen liefen an ihrem Gesicht herunter und vermischten sich mit den Tränen. Meine Schwester haßte es, wenn sie sich krank fühlte und meine Mutter sie ganz in ihrer Gewalt hatte. »Nein, du bleibst dort sitzen. Nein, du ziehst das nicht aus.«

Ich tauschte Blicke mit meinem Vater und stellte einen Teller mit Kartoffelsalat auf sein Knie.

»Gib Papa den Anschnitt vom Braten«, rief meine Mutter und wischte an meiner Schwester herum. Mein Vater bekam immer von allem das meiste und beste. Er war unser König.

Nun sitzen wir auf der Treppe, meine Schwester und ich, und es ist noch angenehm kühl im Schatten des Hauses, und wir kennen die kleinen Büsche, die hier gepflanzt sind, wir haben sie schon oft gegossen, Schneeball und Rotdorn, Chinaapfel und Forsythie. Wir sitzen auf der Treppe, und ich lasse meine Beine baumeln. Meine Schwester liest mir vor. »Geliebte Corinna«. Soeben hat der Held Corinna vor dem Angriff eines schrecklichen Mannes gerettet, der, unter dem Vorwand, ihr bei einer Autopanne zu helfen, über sie hergefallen ist und versucht hat, sie zu küssen. Meine Schwester hebt den Kopf, und wir schauen uns in die Augen. Sie hat grüne Augen, die ein wenig schräg stehen und die ein wenig gerötet sind vom Heuschnupfen. Wir schauen uns an, und dieser Blick bedeutet wohligen Schrecken und auch Verblüffung über die Welt von Corinna, über die Welt der Erwachsenen. Wir haben viele solcher Blicke, mit denen wir uns wortlos verständigen. Nie wird es wieder einen Menschen geben, den ich so genau kenne, wie ich sie jetzt kenne. Dieser eine Blick befördert eine Fülle von Botschaften. Das ist unsere Welt. Wir sitzen hier in unserer Welt und sind glücklich. Es ist überlebensnotwendig, diese Welt zu haben und sie geheimzuhalten, darüber braucht gar nicht nachgedacht, geschweige denn gesprochen zu werden. Wir sind im Feindesland, dem Land meiner Eltern. Wir sind Spione, Krieger, Diplomaten und Sklaven, alles zusammen in dem Land dieser beiden unberechenbaren Menschen, die untereinander sowohl Verbündete als auch erbitterte Feinde sind. Es ist leicht, zwischen die Lager zu geraten, wir wissen das. Wir teilen uns das wortlos mit, durch einen einzigen Blick. Corinna will den Mann nicht küssen. Natürlich nicht. Er sieht irgendwie schmierig aus. O Gott. Meine Schwester seufzt und schaut mich an – ekelhaft. Ich verziehe übertrieben das Gesicht als Antwort auf diesen Blick. Alles aus der Welt der Erwachsenen hat irgendwie auch mit diesen beiden Leuten zu tun, die unsere Eltern sind und über uns bestimmen können. Das macht alles Erwachsene noch ekelhafter. Ihre noch unerforschte Welt ist irgendwie gräßlich, aber gerade deswegen ungeheuer interessant. Uns zeigen sie möglichst wenig davon. Das wissen wir. Wir haben keinen Fernseher, und es gibt in unserem Haus auch keine Illustrierten. Im Schwimmbad läßt uns die Freundin meiner Mutter heimlich in ihren Illustrierten lesen. Wir lieben sie dafür.

Meine Schwester setzt ihren staubigen heißen Fuß auf meinen nackten Schenkel, sie will meine Aufmerksamkeit. Ich schlage nach ihrem Fuß. Ich lache.

Corinna wehrt sich verzweifelt, aber der schmierige Kerl ist viel stärker als sie. Sie fühlt seine Hand durch ihre Bluse. »Wo?« fragt meine Schwester rhetorisch und hebt die Brauen wie ein Schimpanse. Wir lachen. Wir können uns denken, wo. So blöde sind wir nicht.

Nun kommt der Held, ein Sportwagen, der neben der Straße hält, und er zerrt den Angreifer von Corinna weg, und er tupft an Corinnas Gesicht herum mit seinem Taschentuch. Ihr Gesicht ist voller Schmieröl, nein, nicht von dem schmierigen Mann, sondern von der Autopanne. Man kann noch gar nicht sehen, wie schön dieses Gesicht ist. Wir wissen das, denn wir haben schon drei Kapitel »Geliebte Corinna« gelesen, und wir haben uns dieses Gesicht gut angesehen im Spiegel, und wir wissen auch, was sie heute trägt. Ein rotes Jäckchen und einen schwarzen Rock mit weißen Tupfen. Weiter Rock, enges Jäckchen. Hohe Schuhe, die sie beim Fahren auszieht. Also, er tupft sie ab mit seinem schönen großen weißen Taschentuch und sagt etwas wie: »Nachgerade zur rechten Zeit, junge Dame.« Wir schauen uns an und packen beide diese Szene in unsere Sammlung »Wie ist das mit der Liebe«. Meine Schwester liest, und sie lächelt dabei. Denn nun geht's weiter wie im Märchen, und wir wissen, wie, und wir haben darauf gewartet. Aber wir wissen auch, daß es nächsten Samstag vielleicht ganz anders wird und ganz schlimm mit Corinna. Wir können darauf warten. Das ist schön.

Wir sitzen da, und langsam zieht sich der Schatten immer mehr ans Haus zurück, und die Sonne scheint auf unsere Beine. Ich liebe meine Schwester, und ich kneife sie dort, wo sich zwei winzige Hügel anfangen zu erheben unter dem pfefferminzgrünen Stoff ihres Kleides. Sie gibt mir einen kleinen Stoß mit dem Ellenbogen, und ich falle hinunter auf die trockene Erde zwischen den Büschen. »Pumse, blöde Pumse«, sagt sie. Das ist unsere Sprache, und ich antworte mit: »Gake, dreckige Gake.« Schlimm genug!

Meine Mutter heiratet meinen Vater, als sie gerade achtzehn Jahre alt ist. Sie möchte kein Kind. Das erzählt sie uns. Sie ist selbst ein herumgestoßenes Kind, und sie glaubt, bei meinem Vater ein Heim gefunden zu haben, auch das erzählt sie uns. Mein Vater ist dreißig Jahre alt. Sie ist sein Liebling, seine Kleine. Sie braucht seine Fürsorge ganz für sich. Sie machen viele gemeinsame Reisen. Auf Fotos steht meine Mutter lächelnd neben Reiterstatuen, neben Palmen und neben Springbrunnen, immer lacht sie, immer trägt sie ausgefallene Hüte und Kleider. Sie genießt das Leben an seiner Seite, aber mein Vater sehnt sich nach Kindern. Dann, nach zehn Jahren Ehe, kann er sie überreden. Sie bekommt meine Schwester und wird zu einer leidenschaftlichen, fanatischen Mutter. Das Kind bedeutet ihr alles, sie geht vollkommen auf in ihrer Rolle als Versorgerin, Behüterin. Auf Fotos sieht sie aus wie eine träge stolze Madonna. »Plötzlich war da jemand, der ganz zu mir gehörte. Jemand, der mich bedingungslos liebte und den ich bedingungslos liebte. Jemand, der mir für immer verbunden bleiben würde«, so hat sie es mir beschrieben.

Es gibt eine Fülle von Fotos meiner Schwester. Zeichnungen, die meine Mutter gemacht hat, Tagebücher, die ihre Entwicklung beschreiben, Locken, Zähnchen, eine kleine Büste ihres Kinderkopfes. Sie hat die schönsten

Spielsachen, die elegantesten Kleidchen. Ihretwegen fährt man monatelang an die See. Ihretwegen kaufen meine Eltern das kleine Austragshäuschen im Gebirge. Meine Mutter möchte kein weiteres Kind. Meine Schwester ist nach einer Keuchhustenerkrankung schwach auf den Bronchien. Es ist nötig, alle Aufmerksamkeit auf sie und ihr Wohl zu lenken.

Mein Vater sagt mir später, meine Mutter habe sich, seit sie das Kind geboren hatte, sexuell nicht mehr für ihn interessiert. Aber er sagt auch, er sei unseretwegen, der Kinder wegen, bei ihr geblieben. Ich habe ihm das nie ganz glauben können. Als meine Mutter sterbenskrank wird, pflegt er sie bis zum Tod hingebungsvoll und errichtet gleich danach einen Altar für sie. Sie ist seine große Liebe, die einzige wichtige Frau in seinem Leben. Ohne sie fühlt er sich einsam und ohne Lebensfreude. Seine Geliebte möchte sich scheiden lassen und ihn endlich heiraten. Das kann er meiner toten Mutter nicht antun, sagt er. Er will sie ganz einfach nicht heiraten, so wie er sich keinen Augenblick von meiner Mutter trennen wollte.

Fünf Jahre ist meine Schwester alt, als ich geboren werde. Es ist Krieg, und es gibt keine Spielsachen und keine hübschen Kleider. Meine Schwester ist ein ungewöhnlich schönes Kind, als kleines Mädchen ist sie noch blond und blauäugig wie meine Mutter. Ich sehe meinem Vater ähnlich, bin dunkelhäutig und schwarzhaarig. Ich bin kein schönes Baby. »Wir wollen sie trotzdem recht liebhaben«, sagt mein Vater. Meine Mutter verzeiht ihm das nur schwer. Sie findet mich schön.

Trotzdem nimmt sie ein Kindermädchen für mich, um meine Schwester nicht zu vernachlässigen. Das Kindermädchen schlägt mich und wird entlassen. Wir ziehen nach Alpbach in das Bauernhaus, hoch oben in den Bergen, um die Gesundheit meiner Schwester zu stärken. Ich lerne dort laufen, sprechen, zeichnen und mir Geschichten ausdenken.

Als wir in die Stadt zurückkehren, bin ich fünf Jahre alt.

Im späten Frühling blühen in Alpbach die Wiesen. Margeriten in Augenhöhe, Blutströpfchen und Glokkenblumen, Hahnenfuß. Unten am Bach steht das Knabenkraut. Dort ist der Boden feucht, und ich ziehe die Schuhe aus, um das sumpfige Wasser zwischen den Zehen aufquellen zu lassen. Meine Schwester darf ihre Schuhe nicht ausziehen.

Am Morgen geht sie mit ihrem Ranzen den Hang hinunter zur Schule, die Zöpfe ordentlich geflochten, das Pausenbrot sorgsam in Papier eingewickelt und zwischen den Heften und Büchern verstaut. Ich bleibe zurück. Meine Haare sind zu kurz für Zöpfe, und oft vergehen Tage, ehe sie gekämmt werden. Ich würde gerne mit der Schwester ins Dorf hinuntergehen.

Hoch oben, am Berg, hinter dem Lärchenwald liegen die Wiesen blau von Enzianen. Ich setze Blumenfein mitten hinein zwischen die Enziane, er soll sich satt sehen an ihnen mit seinen Perlmuttknopfaugen. Blumenfein ist ein Hase. Er sieht aus wie ein ganz anderes Tier, für das es keinen Namen gibt. Seine langen Ohren hat er verloren, und meine Mutter hat ihm zwei harte runde Lauscher aus Leder angenäht. Der Hase meiner Schwester hat seine Ohren noch und heißt Zottelohr. Ich beneide ihn um diesen Namen. Manchmal lasse ich Blumenfein über Nacht dort oben in der Bläue sitzen. Wenn ich ihn am Morgen wieder abhole, ist er schwer vom Tau.

Bei der Prozession geht Blumenfein stets voraus. Für die Prozession brauchen wir fast einen ganzen Nachmittag. Alle Teilnehmer sind mit Blumen geschmückt und mit Blättern bekleidet. Es gibt viele unterschiedliche Pilger: Pferde, Bären, Affen und Mäuse. Die vier kleinen Affen tragen einen Baldachin aus Huflattichblättern für die Madonna, aus Mohnblüten gemacht und umwickelt mit dem Haar meiner Schwester. Sie ruht auf einem eingekräuselten Rhabarberblatt wie auf grünem Brokat.

Der Zug kriecht langsam durch die Wiese. Ich bewege jeden einzelnen Pilger, meine Schwester läßt sie singen, mit ihrer Stimme. Sie hatte Kirchenlieder in der Schule gelernt. Ich, bäuchlings im Gras liegend, bewundere sie. Manchmal wirft meine Katze alle Pilger um.

Unter den Haselsträuchern gibt es eine Pause. Die Prozessionsleute trinken Tautropfen. Der Blattisch ist für sie gedeckt mit Gänseblümchen. Wir kauen Sauerampfer und saugen an den weißen abgezupften Blüten der Taubnessel. »Man könnte immer hier leben, ohne jemals Hunger zu haben«, sagt meine Schwester. Ich glaube ihr.

Durch die Wiesen laufen hölzerne Rinnen, in denen eiskaltes Quellwasser von den Bergen ins Tal herabgeleitet wird. Ich finde sie nach dem Gehör, denn die Wiesen schließen sich über ihnen und verbergen sie. Die schlaff gewordene Mohnmadonna auf ihrem Blatt treibt rasch davon und verschwindet. Wir schicken ihr ein paar Margeriten nach. Meine Schwester sammelt die Pilger ein, um sie nach Hause zu tragen.

Auf dem Brett zwischen der Holzbeige und dem

Haus hat meine Schwester ihre Apotheke eingerichtet. Dort braut sie Zaubertränke aus Blumen. Sie warnt mich davor, von ihnen zu trinken. Man könnte sterben daran. Der grüne Blattbrei, mit Lehm vermischt, ist eine gute Farbe, eine gute Tarnfarbe. Sie reibt mich damit ein, zuerst das Gesicht, dann, als sie mir aus den Kleidern geholfen hat, den ganzen Körper mit Schlieren und Punkten. Ich bin ein gefährliches Tier, unsichtbar krieche ich herum zwischen den Rhabarberblättern in dem winzigen Garten.

»Du Sau«, sagt die alte Bäuerin, die vorbeigeht. Sie bringt meiner Mutter drei Eier. Sie trägt sie in einer Hand.

Wenn mein Vater aus der Stadt kommt, gibt es Fleisch. Meine Mutter weiß immer, wann er kommt, und kauft Fleisch für ihn im Dorf. Es ist nie viel Fleisch, aber ich rieche den Duft im ganzen Haus. Männer essen Fleisch. Meine Mutter verändert sich, wenn er nach Hause kommt. Schon am Tag davor fängt sie an, auf ihn zu warten. Ihr Gesicht wird sanft und verschlossen, wenn sie Feuer im Kachelofen macht. Sie hält die brennenden Späne hoch, damit wir die Flammen genießen können. Sie steht im dunklen Flur, die brennenden Späne erhoben wie eine Fackel über ihrem Kopf. Das ganze Haus wartet.

Ich knie neben meiner Schwester auf der Fensterbank. Blumen stecken in ihren Zöpfen, ihre Nase ist gesprenkelt von Sommersprossen. Wir schauen hinunter zum Heustadel. Da ist er. Neben dem Vogelbeerbusch. Er stützt sich mit der Hand an die Holzbalken, vornübergebeugt, taumelnd unter dem großen Rucksack. Wir laufen ihm entgegen. Er schwitzt. Wir wollen ihn umarmen. Er will nicht geküßt werden, weil sein Gesicht tropft. Er lacht.

Meine Mutter wacht über ihn, wenn er schläft, man darf ihn nicht wecken. Sein großer Körper liegt unter der karierten Decke verborgen. Meine Mutter stützt sich auf den Ellenbogen, und ihr offenes Haar hängt ihm ins Gesicht wie eine Mähne. Sie bewacht ihn. Ihre Augen blicken streng und kühl.

Es ist Winter. Unser Zimmer ist sehr kalt und bläulich vom Schneelicht. Das Wasser in unseren Zahnputzgläsern ist gefroren. Wir sind beide krank und dürfen nicht aufstehen. Meine Mutter ist zum Bauern Milch holen gegangen. Sie hat gesagt, wir müssen sterben, wenn wir aus dem Bett hinaus in die Kälte gehen. Dabei sind wir nicht schlimm krank, aber wir glauben ihr und strecken nur ab und zu einen Fuß unter dem Federbett hervor, um ihn dann eiskalt zurückzuziehen unter die Decke. »Wie ein Leichenfuß«, sagt meine Schwester. Und wirklich, er fühlt sich fremd an, so kalt. Wie der Fuß eines anderen Menschen.

Wir haben zwei junge Kätzchen zum Spielen. Sie sind noch sehr klein, zittrig und piepsig. Meine Mutter darf nicht wissen, daß wir sie bei uns im Bett haben. Es sind die Kinder meiner Katze. Meine Katze hat das Petroleumbad überlebt. Mein Vater hat im Herbst beide Katzen gegen die Flöhe in unverdünntem Petroleum untergetaucht. Meiner Katze, die älter war, sind alle Haare ausgefallen. Coco, der junge Kater meiner Schwester, ist gestorben. Sie hat ihn liegen sehen in der Jauchegrube, in die ihn mein unvorsichtiger Vater geworfen hatte. Ich werde nie ihren Schrei vergessen. Meiner Katze sind die Haare nachgewachsen, dichter als zuvor, und jetzt soll meine Schwester eines ihrer Kinder behalten dürfen.

»Das ist meine«, sagt meine Schwester. »Die rotgefleckte ist meine.« Wir spielen mit den kleinen Katzen. Sie haben winzige scharfe Krallen und noch ganz verklebte Augen.

Meine Schwester läßt ihre Katze abstürzen vom Fensterbrett. »Katzen fallen immer auf die Füße«, sagt sie. Ich will nicht, daß sie das tut. Ich weine. »Heultunte«, sagt meine Schwester. »Katzen müssen das können.« Die kleine Katze kann es nicht gut. Ich sehe das. »Hör auf!« schreie ich. »Hör auf!« – »Es ist meine«, sagt meine Schwester. »Ich kann mit ihr machen, was ich will.«

Später bleibt die kleine Katze liegen unter dem Fensterbrett. Sie rührt sich nicht mehr.

Ich sage kein Wort zu meiner Mutter, die wissen will, was passiert ist.

Später werde ich auch niemandem etwas sagen, als meine Schwester ihren Hund im eisigen Kanalwasser schwimmen läßt, ihn immer wieder hineinstößt, auf unserem Heimweg vom Schlittschuhlaufen. Ich bitte sie, ihn zu schonen. Ich schreie. Ich komme nicht gegen sie an. Sie läßt sich von mir nichts sagen. Es sei ihr Hund, sagt sie. Er könne das aushalten, ich sei eine sentimentale Ziege. Sie hasse mich, wenn ich so sei. Ich liebe den Hund, und ich weiß, daß ich ihn nicht beschützen kann. Er stirbt im Frühling an einer Nierenkrankheit. Ich weiß nicht, ob er das vom eisigen Wasser hat. Ich sage keinem etwas.

Später wird meine Schwester allergisch gegen Katzen. Da sind wir beide schon auf dem Gymnasium. Meine Katze, eine neue Katze, mußte ich weggeben. Meine

Schwester ist ganz unglücklich darüber. »Du darfst es nicht an mir auslassen, wenn du böse bist«, sagt sie. »Ich kann ja nichts dafür.« Natürlich weiß ich, daß sie nichts dafür kann. Trotzdem nehme ich es ihr übel.

Auf der langen Reise trage ich die Katze in meinem Rucksack, aber mein Vater weiß es nicht. Niemand weiß es. Sie ist schwer und unruhig.

Diese Reise aus Alpbach zurück nach Deutschland und in die Stadtwohnung machen mein Vater und ich getrennt vom Rest der Familie. Es ist Winter, und meine Schwester ist unterwegs krank geworden. Wir haben sie mit meiner Mutter bei freundlichen Leuten zurückgelassen, die uns auf halber Strecke beherbergt haben.

Mein Vater und ich warten auf Bahnhöfen, frieren und essen Brote aus seinem Rucksack, wir reisen in überfüllten Zügen. Nachts im Gedränge muß ich aufs Klo. Mein Vater reißt meine Hosenträger ab, weil er mich nicht aus den vielen Kleiderschichten schälen kann, mit denen meine fürsorgliche Mutter mich überzogen hat. Er hat Angst, der Zug fährt ohne uns weiter. Ich hocke mich auf die Gleise an irgendeinem zerbombten Bahnhof, und die Katze, meine tapfere Katze, bahnt sich dort unaufhaltsam einen Weg aus meinem kleinen Rucksack. Ich kann sie nicht halten. Sie verschwindet zwischen den verbrannten Mauern. Wir müssen einsteigen. Der Zug fährt weiter.

Mein Vater kann mich nicht trösten.

Ich suche nach ihr, später dann, in der großen noch fremden Stadt, denn ich glaube noch jahrelang, sie sucht mich, und sie wird mich finden. Ich schaue jede schwarze Katze, die mir begegnet, genau an. Erst als wir aus der Wohnung hinausziehen in das neue Haus am Stadtrand, gebe ich auf.

Meine Schwester bekommt einen Hund, und ich liebe ihn. Ich glaube, er ist mein Hund, weil ich ihn so sehr liebe. Es scheint mir nicht gerecht, daß er nicht mein Hund sein soll. Natürlich sage ich das niemandem, nur ihm, wenn er mich anschaut. Ich sehe in seinen Augen, daß er versteht.

Das neue Haus am Stadtrand liegt damals noch neben einem Kornfeld, dahinter sieht man die Wiesen, eine Allee und dann den Waldrand mit seinen hellgrünen Laubbäumen. Unser Garten stößt an den Zaun der Stadtgärtnerei, wo im Frühling die Apfelbäume blühen. Dahinter liegt der Zoo, und bei Gewitter riecht man in unserem Schlafzimmer die Tiere und hört sie nachts klagen und rufen. Im Sommer, wenn wir Ferien haben, gehen wir jeden Nachmittag in den Zoo und jeden Morgen baden.

Wir sind auf dem Weg ins Schwimmbad. Es ist ein heißer Tag, und wir sind barfuß, ich bin barfuß, meine Schwester trägt immer Schuhe, denn sie schämt sich ihrer kleinen Zehe, die sich, hochgekrümmt, eng an den Fuß schmiegt. »Ein Flügelchen«, hat der italienische Schuhverkäufer einmal gesagt, ihren Fuß in beiden Händen, und meine Schwester ist rot geworden, tiefrot, und ich mit. Ich werde rot, wenn sie rot wird. Ich hasse sie dafür. Diese Zehe, eine Hammerzehe, wie wir alle wissen und wie kein Familienmitglied es je wagen wird, sie zu nennen, hat sie von meinem Vater geerbt. Es tut mir weh, wie sie versucht, etwas draus zu machen, daß sie seine Zehe geerbt hat. »Wir beide mit der gekrümmten Zehe.« Er macht zwar mit, »wir beide mit der gekrümmten Zehe«, aber er sagt das ohne Innigkeit. Ich spüre das. Sie ist ihm unheimlich. Sie ist zu oft krank.

Sie hat undurchschaubare Launen, Wutanfälle. Sie kann fürchterlich schreien. Schlimmer noch, sie weint so schnell. Ströme von Tränen. Sie ist Mamas Tochter. Ich, ich bin sein Sohn. Er hat sich einen Sohn gewünscht. Meine Mutter wollte mich nicht, wollte kein weiteres Kind. Sie fand alle Liebe und Aufmerksamkeit sollte auf dieses eine Kind, meine Schwester, konzentriert werden. Er hat sich durchgesetzt. Es war nicht einfach, meine Mutter dazu zu kriegen, das hat er angedeutet. Er verglich mich mit Athene, die aus dem Kopf ihres Vaters Zeus geboren wurde. Die Geschichte gefiel mir, bloß war ich nicht Athene, sondern sein sehr irdischer Sohn. Mit zehn war mein Haar so kurz wie das eines Jungen. Ich trug eine Hose, keinen Badeanzug, wie's mir gefallen hätte. Ich konnte den Rasenmäher reparieren und einen neuen Stecker an die Lampe montieren. Ich konnte den Reifen wechseln bei unserem VW-Käfer, und ich hechtete ins tiefe Wasser, ohne zu zögern. Ich weinte nie. Ich war stolz darauf. Ich war hart. Die Hitze störte mich nicht. Ich hörte auf einen Hundenamen, männlicher Hund, versteht sich. Mein Vater sprach von »Weibern« und wies mit dem Kinn hinüber zu meiner Mutter und meiner Schwester, die den Tisch deckten. Meine Großmutter, seine Mutter, schlief mit einem Taschentuch auf dem Kopf im Schatten. »Die Weiber.« Er und ich holten Kannen voll Wasser aus der Regentonne und begossen den Rhabarber. Die Mückenlarven, die im Wasser tobten, lebten noch eine Weile in den kleinen Teichen, die auf den großen Blättern stehenblieben. Ich hätte sie gerne gerettet, wagte es aber nicht.

Wir sind auf dem Weg ins Schwimmbad, meine Schwester und ich. Wir haben Handtücher dabei, in die unsere Badesachen eingewickelt sind, Geldbeutel und eine kleine Decke. Unser Ziel ist der Lechkanal, der durch die lange hölzerne Badeanstalt fließt. Man kann von weitem riechen und hören, daß man sich der Badeanstalt nähert. Der Geruch von sonnenverbrannten Holzplanken, auf die Wasser spritzt. Das Klatschen, das Gelächter, das Geschrei. Wir laufen immer schneller, vor Sehnsucht, dort anzukommen. Beim Schleusenmeister machen wir kurz Station. Sein schönes altes Haus liegt tief verborgen in einem Blumengarten, von dem meine Mutter sagt, er komme direkt aus einem Andersen-Märchen. »Ach, ach, Malven«, sagt sie. »Goldlack. Rosen, ach, die Rosen. Levkojen. Und erst die Zinnien ...« Der Schleusenwärter ist ein alter Mann, ein mächtiger bärtiger Mann mit majestätischer Haltung und einem Kopf voller grauschwarzer Haare. Irgendwie färbt ein Teil des Zaubers, der seinen Garten so überirdisch schön macht in den Augen meiner Mutter, auch auf ihn ab. Sie behandelt ihn fast ehrerbietig, immer unterhält sie sich eine Weile mit ihm. Heute ist sie nicht dabei. Wir bleiben bei ihm stehen. Seit kurzem verkauft er an dem kleinen Tisch in seiner Gartentür nicht nur Limonade und Eis, sondern auch weißrote Wasserbälle und aufblasbare Krokodile und Schildkröten. Wir bleiben stehen und betasten alles. Ich betaste alles. Meine Schwester zählt unser Geld und erlaubt für jeden eine Portion Eis. Es gibt Schokolade und Vanille. Der Schleusenwärter gibt meiner Schwester lächelnd ihr Vanilleeis, und als er mir mein Schokoladeneis hinhält, gibt er es mir nicht gleich. Sein Gesicht wird ernst. Er schaut in mein Gesicht, und er sieht dort etwas, das ihn stutzig macht. Ich warte nervös darauf, daß er mir das Eis gibt. Ich hasse es, wenn Erwachsene mit mir irgendwelche Kinderspiele machen wollen. Er gibt mir das Eis, schaut mir dabei in die Augen und wendet sich an die Frau, die hinter uns wartet. Er sagt: »Mein Gott, dieses Kind hat wunderschöne Augen.« Hilflos suche ich den Blick meiner Schwester, und in ihrem Gesicht sehe ich etwas, was ich noch nie vorher gesehen habe. Es ist etwas Böses, Hartes, was da kurz aufblitzt, ehe sie den Kopf senkt und plötzlich ganz traurig aussieht, ganz müde. Sie macht eine Bewegung mit der Hand, und wir gehen. Ich lecke an meinem Eis und hüpfe neben ihr her, fröhlich, ein Kind auf dem Weg zum Schwimmbad. Aber das ist Tarnung. Ich habe genau begriffen, was gerade passiert ist, und ich weiß noch nicht, was ich davon halten soll.

Zum ersten Mal verliebt bin ich mit neun Jahren. Es ist der schüchterne junge Mann, der das Blumenbeet hinter dem Haus anlegt. Unser alter Gärtner hat ihn mitgebracht, und ich schaue ihm gerne zu, wie er die Beete aufschüttet, die Trittsteine verlegt und die Blumen aus ihren Plastiktöpfchen kippt, um sie in die Erde zu pflanzen. Er muß an die fünfzehn sein. Er hat glatte schwarze Haare, die ihm in die Augen fallen, und auf seiner Oberlippe liegt der Schatten eines ersten Bartes. Ganz weich ist der. Ein Mal nur erlaubt er mir, mit dem Finger darüberzustreichen. Er spricht manchmal mit mir, während er gräbt. Er lacht über mich, aber nie so, daß ich mich ausgelacht fühle. Ich folge ihm durch den Garten und sehe ihm bei allem zu, was er macht. Meine Mutter ist beunruhigt und versucht, mich im Haus zu halten. »Sei nicht so lästig«, sagt sie, aber er sagt, ich sei ihm nicht lästig. Er sagt mir, ich sei wie ein Fohlen und auf dem Hof seines Vaters gebe es Pferde und Kühe, er aber wolle kein Bauer werden, sondern ein guter Gärtner. Manchmal, wenn niemand uns sieht, erlaubt er mir, auf seinen Schoß zu klettern. Ich sitze dort ganz still und ganz benommen von seinem Geruch. Ich atme seinen Geruch tief ein. Es ist ein Geruch nach Tierfell, Klee und Bienenwachs. Ich würde auch gerne so riechen. Ich sage ihm das. Er lehnt seine Stirn an meine Stirn und sagt, es sei traurig, daß ich noch so klein sei. Ich verstehe genau, was er meint, und ich weine darüber nachts im Bett. Meine Mutter macht sich Sorgen um mich. Ich höre, wie sie meinem Vater sagt, es sei ungesund, wie ich mich aufführte mit dem jungen Burschen. Meine Schwester mag ihn nicht.

Dann kommt er nicht mehr in unseren Garten, und keiner, nicht einmal der alte Gärtner, kann mir sagen, warum. Keiner weiß, wo er ist. Aber ich habe seine Adresse. Ich versuche ihm einen Brief zu schreiben. Wenig Worte, viele Zeichnungen. Ich als Pferd, er als Pferd, mit vielen bunten Blumen um uns herum. Meine Schwester hilft mir, die Adresse zu schreiben. Meine Schwester wird den Brief einwerfen. Ich warte jeden Tag auf eine Antwort.

Zu meinem Geburtstag im nächsten Jahr schickt er mir eine kleine, sehr schön verpackte Geranie, aber keinen Brief.

In den Sachen meiner Schwester finde ich nach ihrem Tod den Brief mit den Pferdezeichnungen. Er steckt noch in seinem Umschlag. Keine Marke klebt darauf.

Unsere Zelte stehen neben dem Maisfeld. Wir haben gefragt, ob wir da zelten dürfen. Es klingt sehr schön, wenn mein Vater französisch spricht. Ich stehe da und höre ihm zu, während er mit der alten Bäuerin verhandelt. Wir sind in der Provence. Sie sieht nicht so aus, wie ich mir eine Bäuerin vorstelle. Sie ist schlank und biegsam, ihre schwarzen Haare sind offen und wild. Sie hat einen Goldzahn, der blinkt, wenn sie lacht. Ihr Gesicht, braun und runzlig, faltet sich zusammen, und die Augen verschwinden, wenn sie lacht. Sie lacht laut. Sie legt mir die Hand auf den Kopf und spricht mit meinem Vater. »Was sagt sie?« frage ich. »Sie nennt dich Isabelle. Sie wird deine Warzen wegmachen«, sagt er. Ich strecke ihr die Hand hin. Sie fährt leicht mit den Fingern über meine drei häßlichen Warzen an der Daumenwurzel. Am nächsten Morgen fangen sie an zu bröckeln, und ich pople an ihnen herum. Am Morgen darauf sind sie fort.

Meine Schwester kann Madame Rocca nicht so schnell heilen. Zwar kriecht sie zu ihr ins Zelt und reibt ihre Brust, in der es rasselt, mit einem Saft ein, der die Haut krebsrot färbt. Sie zündet Kräuter an in einer kleinen Pfanne, und aus der flappenden Zelttür kommt Rauch. Ich darf nicht näher heran, als könnte ich die Heilung meiner Schwester gefährden. Ich darf auch die Suppe nicht probieren, die Madame Rocca ihr gekocht hat. »Mußt du immer vorne dran sein?« fragt meine

Mutter und drängt mich zur Seite. Es ist wahr, meine Schwester hat angefangen zu keuchen im Auto, weil ich sie nachgeahmt habe. Ich kann das. Ich habe vorgemacht, wie sie an ihren Pickeln herumdrückt vor dem Spiegel und was für Grimassen sie dabei zieht. Sie hat versucht, nach mir zu schlagen. Ich sitze hinten neben meiner Mutter. Meine Schwester sitzt immer vorne neben meinem Vater, weil ihr übel wird hinten. Das ärgert mich. Ich sage ihr ein paar gemeine Sachen, und sie packt mich an den Haaren. Meine Mutter trennt uns, aber es ist schon zu spät. Die Wangen meiner Schwester glühen.

Viele Jahre später wird ein Arzt meinem Vater sagen: »Das Asthma Ihrer älteren Tochter wird von Ihrer kleineren Tochter ausgelöst.« Mein Vater hat nichts Besseres zu tun, als es mir zu erzählen. Und ich schleppe an diesem Satz bis heute.

Meine Schwester liegt im Zelt und kriecht nur heraus, um sich zu übergeben. Meine Mutter streut danach Erde drauf. Wir können nicht weiterfahren, und ich langweile mich und robbe durch das Maisfeld und durch den dichten Wald der blühenden Sonnenblumen, die so nahrhaft und süß riechen, daß ich danach nichts mehr zu essen brauche.

Ich bewundere meine Schwester, denn sie klagt nicht und weint nicht und macht sogar ein paar kleine Scherze. Sie beschämt mich. Ich stelle es mir grauenhaft vor, in diesem engen heißen Zelt zu liegen, ganz der Pflege meiner Mutter ausgeliefert und den ganzen Tag gelangweilt. Meine Schwester hat sich ihr Leben lang nie selbst bemitleidet. Ich schon.

Auf unseren Reisen wurde meine Schwester immer krank. Vielleicht lag es daran, daß meine Eltern, so nah zusammengespannt, eine fürchterliche Luft ausströmten, wie bei einer chemischen Reaktion. Meine Schwester wurde krank, und meine Mutter pflegte sie. Ich zog zu meinem Vater ins Zelt und unterwarf mich klaglos seinem strengen Ordnungsregime und seiner schlechten Laune, wenn ich ihn zu früh weckte. Ich fügte mich. Wurde sein kleiner Mann, der mit ihm einkaufen ging, die Taschen verstaute auf dem Autodachträger, das Zelt aufbaute – er stoppte, wie schnell ich war –, den Benzinkocher wartete. Und der dafür sorgte, daß er gut unterhalten wurde. An seinem Gesicht las ich mühelos ab, was er gerade brauchte. Der Klang seiner Stimme verreit mir, was er haben wollte. Ich konnte Lieder singen und Radioprogramme nachmachen. Den Fußballreporter. Die Tiersendung von Paul Eiper, der schwäbelte und den ich liebte. Ich konnte die Freundin meiner Mutter nachmachen, die mein Vater nicht mochte. Ich konnte radschlagen.

Viele Jahre lang habe ich, wo immer ich auftauchte, erst mal angestrengt versucht, die Leute zu unterhalten. »Wenn du auf ein Fest kommst, schlägst du zuallererst drei Saltos«, sagte meine Freundin. Sie hatte recht.

Ich fügte mich dem Willen meines Vaters. Meine Schwester aber fügte sich nicht. Sie wurde krank. So hatten wir beide eine Strategie, um Aufmerksamkeit auf uns zu lenken. Aber meine Strategie war erfolgreicher als ihre. Ohne daß wir damals wußten, was mit uns geschah, hat sie mir diese Jahre nie wirklich verzeihen können. Aber das habe ich erst viel später erfahren, und da war sie schon zu verwirrt, zu wütend und zu verletzt, um darüber zu reden.

Und dennoch, manchmal denke ich an die Reisen mit meinen Eltern wie an ein fernes Paradies. In meiner Erinnerung ging es mir gut. Ich glaube, die Erinnerungen meiner Schwester sind anders. Ich habe sie nie danach gefragt.

In späteren Jahren zelteten wir nicht mehr, sondern logierten in Hotels. Wir fuhren ans Meer, und wir beide, meine Schwester und ich, liebten diese Reisen, obwohl uns meine Eltern fast nicht aus den Augen ließen. Sie sahen es ungern, wenn wir Freunde hatten. Sie mochten auch nicht, wenn wir Leute mit nach Hause brachten. Sie waren unsere Freunde, sie wollten alles mit uns machen, alles mit uns teilen. Sie wollten unsere Gesellschaft, unabgelenkt von anderen jungen Menschen. Sie brauchten uns. Wir waren ihre Familie, die sie als Kinder nie gehabt hatten. Das nannten sie Liebe. Sie wollten uns ganz für sich allein, »zum Verzehr«, sagte meine Schwester später. »Für den Eigenverbrauch bestimmt«, sagte ich. Und wir lachten darüber. Was hätten wir sonst tun sollen.

Wir spazieren auf der Strandpromenade, es ist Nachmittag, heiß, und die Fähnchen auf der Balustrade zum Meer flattern im Wind, und wir gefallen uns, wir sind schön angezogen. Wir haben lange vor dem Spiegel verbracht. Meine Schwester trägt ein schulterfreies Kleid aus einem Stoff, der aussieht, als hätte jemand beim Aquarellieren den Pinsel immer wieder nachlässig daran abgewischt. Ich beneide sie um dieses Kleid. Sie hat schöne Schultern und geschwungene Hüften, das kann auch ich sehen, und eine wunderbar weiße Haut, an ihren Brüsten schimmern die zarten blauen Äderchen durch. Wenn sie nackt ist, will sie nicht, daß ich sie so genau anschaue, wie ich es gerne täte. Ich bin ganz anders, mager und braunhäutig und habe erst ganz wenig Busen. Ich mag meinen Busen nicht und trage weite T-Shirts, um ihn zu verbergen. Meine Schwester hat sich einen roten Mund gemalt. Und sie gefällt mir so gut, daß ich sie umarme und mich an sie klammere. »Pfui«, sagt sie und schiebt mich weg. »Du kommst zurück ins Tierheim.« Es ist so, daß wir viele Spiele zusammen spielen und deshalb viele Personen sind, auch Tiere. In diesem Augenblick bin ich »Schufti«, ihr Hund, und sie ist mein Frauchen. Es gibt noch andere Spiele. Sie ist eine träge, dicke, verwöhnte Ratte, die auf einem Samtkissen liegt und der ich alles mögliche bringe, um sie bei Laune zu halten. Limonade, Äpfel, die Haarbürste, die Zeitung. Dann bin ich ein kleiner Affe und muß sie bedienen. Ich mache den Affen gut und werde mit Leckerbissen belohnt oder gekrault, am Kopf und am Rücken.

Immer bin ich die Untergebene, und das ist mir recht. Wenn ich etwas von meiner Schwester will, etwas geliehen oder etwas gekauft, denn sie hat mehr Taschengeld als ich, nähere ich mich in Gestalt von »Schufterl«, dem Hund, oder »Afferl«, dem Makak, und habe meistens Erfolg. Auch wenn sie mir böse ist, gelingt es mir, sie in Tiergestalt zu versöhnen. Ich knurre, winsele, wedle oder kratze mich, turne herum und kreische.

Die Ratte haben wir für meine Schwester gewählt, weil es ihr Lieblingstier aus der viktorianischen Kindergeschichte »Der Wind in den Weiden« ist. »Ratty«, die Wasserratte, von Shepard gezeichnet, ist das gewitzteste und sympathischste Tier in dem Buch. Ihr Freund »Mole«, der Maulwurf, paßte nicht ganz zu mir, so finde ich, aber ich übernehme seine Rolle. Die Ratte wäre auch ich gerne gewesen. In unserer Welt ist eine Ratte kein ekelhaftes Tier. Es ist durchaus kein Makel, Ratte genannt zu werden. Uneingeweihte erschraken oft bei diesem Wort. Kurz vor ihrem Tod habe ich meiner Schwester eine weiße Porzellanratte geschenkt, das Reittier des indischen Elefantengottes Ganescha. Es stand neben ihrem Bett, als ich in ihr leeres Zimmer kam. Sie hatte an diesem Tag ihr Bett frisch bezogen. Auf dem Kissen konnte man noch sehen, wo ihr Kopf gelegen hatte. Da standen ihre Cremetöpfchen, ihre Tabletten lagen dort, ihr Buch – eingemerkt, ihre weißen zusammengekrümmten Socken vor dem Bett. Das Zimmer hatte noch nicht begriffen, daß sie nicht mehr zurückkommen würde. Und doch hat dieses stille Zimmer, dieses unschuldig auf ihre Rückkehr wartende Zimmer den Anfall miterlebt und wie sie keine Luft mehr bekam und wie sie erst hustete und dann nur noch keuchte und wie sie hinfiel und wie sie nicht mehr atmete und wie ihr Herz stillstand und wie der Notarzt und seine Assistentin sich über sie beugten und sie intubierten und zurückholten. Nicht wirklich zurück. Sie hatte sich längst davongemacht.

Wir schlendern über die Strandpromenade. Und die jungen italienischen Männer schauen uns nach, und es gefällt uns. Meine Schwester ist schon eine junge Frau, aber sie hat noch nie auch nur gesprochen mit einem Mann, der sich ihr genähert hat. Sie fürchtet sich davor, mit einem fremden Mann zu sprechen. Sie ist viel zu schüchtern, um einen Blick zu riskieren, aber sie bemerkt, wie man uns anschaut, und tauscht Blicke mit mir, die besagen, daß wir erhaben sind über dieses läppische Mannsvolk, das unsere Aufmerksamkeit auf die lächerlichste Weise zu erregen sucht.

Zwei junge Männer kommen auf uns zu. Mir gefallen beide, sie haben dunkle lockige Köpfe, kurze Hosen und schöne lange braune Beine. Der eine, der einen kanariengelben Wollpullover trägt bei der Hitze – kein deutscher Mann würde je einen so wunderbaren Pullover tragen –, der eine also vertritt uns den Weg, schaut mir ins Gesicht. Kniet nieder, rutscht auf Knien näher und umarmt meine Beine, legt sein Gesicht auf meine Shorts. Ich fühle, daß sein Gesicht heiß ist, ich fühle die weiche Wolle seiner gelben Pulloverbrust an der nackten Haut meiner Beine. »Bitte«, sagt er, »du süßes Wesen, geh mit mir Eis essen. Komm. Sei nicht grausam.« Mir gefällt das sehr. Er sagt es auf italienisch, aber wir verstehen es. Ich will sofort mitgehen, es sind zwei Männer, für jede einer! Ich schaue meine Schwester an.

Ihr Gesicht ist finster. Der Mann läßt mich nicht los, der andere steht daneben und lacht. Ich möchte so gerne mitgehen. Allein traue ich mich nicht. Meine Schwester dreht sich um und geht rasch davon. Ich mache mich los. Sie läuft schnell, ich habe Mühe, mit ihr Schritt zu halten. Sie will nicht mit mir reden. Der Nachmittag kippt. Als meine Eltern von ihrem Schläfchen aufwachen, wollen wir alle noch mal hinunter ans nachmittägliche Meer. Meine Schwester geht nicht mit. Als wir zurückkommen, liegt sie auf unserem Bett. Ich sehe, daß sie geweint hat.

Ich bin schuld.

In meiner Erinnerung schlendern wir für immer auf dieser Strandpromenade, und ich kann das Meer riechen, und ich kann das Sonnenöl riechen. »Ambre solaire« heißt es und riecht nach Kastanien, und ich verwende das, was nach den Ferien noch übrigbleibt, als Parfum im Winter, in der Schule. Und hier an der Strandpromenade riecht es auch nach Hundepisse und gebratenen Würstchen und nach Holzkohle, und die Luft ist so lau und leicht, und ich kann fühlen, wie sich Schweißperlen auf meiner Oberlippe hervordrängen aus der Haut, und ich kann die Luft an meinen nackten Armen fühlen, die hin und her schlenkern, und meine bloßen Füße mit Sand unter den Sohlen auf den Steinplatten und … Ich bin wieder auf dieser Promenade und spüre die Hand meiner Schwester in meiner und sehe, wie der Wind ihr Ohr freibläst und wie ihre Zähne glitzern, wenn sie den Kopf dreht. Sie zeigt mir ihren Arm und schüttelt ihn. Wir haben uns gerade bunte Plastikarmbänder gekauft, die leise klappern, wenn man den Arm bewegt. Ihre sind in Grün, Blau und Weiß. Meine in Gelb, Orange und Pink. Welches Vergnügen es uns bereitet, sie an unseren braunen Armen hin- und herrutschen zu lassen, ganz so wie die italienischen Mädchen am Strand.

Es gibt da eine große Reklametafel von »Gelati Motta«, eine blonde Frau mit einem tiefroten Mund leckt an einem Cornetto. Dieses Eis gibt es nicht in Deutschland. Wir beide wissen das und genießen das. Es ist unser Eis. Und heute noch sehe ich den jungen Mann, der niederkniet vor mir in seinem kanariengelben Pullover, und mein Herz fühlt sich an, als machte es einen blöden taumeligen Salto vor Überraschung und Übermut und Stolz. Noch heute kann ich das fühlen. Es ist ja eigentlich gar nicht viel passiert, und doch habe ich diesen Nachmittag nie vergessen. Und immer, wenn ich daran denke, gibt es dieses bittere Ende. Und ich weiß, so etwas haben wir oft erlebt, denn genau so ist es oft gewesen mit mir und ihr. Und immer ist dieser kleine bittere Nachgeschmack geblieben, dieser Bodensatz aus Trauer und Schuld. Ich bin das Bittere nie mehr losgeworden, das war der Preis dafür, daß mich die Männer angesehen haben.

Auch das Gesicht meiner Mutter fällt mir ein und die Botschaft ihrer Augen und ihrer zusammengepreßten Lippen, wenn ich so überschwenglich und so grundlos überglücklich läppisch herumspringe »wie ein kleiner Ziegenbock, einer mit viel zuviel Kraft«, sagte mein Vater zärtlich, aber im Gesicht meiner Mutter lese ich Trauer und Unruhe. »Wenn es dir gutgeht, leidet deine

Schwester.« Das sagt sie nicht, aber ich lese es in ihrem Gesicht. Sie legt die Hand auf meinen Mund, sie legt die Hand auf meine Schulter. »Sie hat so ein ungesundes Geltungsbedürfnis«, sagt sie zu ihren Freundinnen. »Spiel dich nicht so auf«, sagt sie. »Spiel dich nicht so auf vor allen Leuten.« Ich klettere über den Zaun und verschwinde in der Stadtgärtnerei. Dort hocke ich mich zwischen die Erdbeerbüsche und esse so viele Erdbeeren, bis mir übel ist.

In unserer Kindheit hatte meine Schwester viele Namen. Alle kamen von mir. Zuerst die kurzen mit nur zwei Buchstaben, weil ich ihren Namen noch nicht aussprechen konnte, später die Namen, die aus unseren Spielen stammten oder die sie sich heimlich zulegte wie einen Titel und die ich sofort aufnahm. Eine Weile wollte sie ein Löwe sein, weil sie die Geschichte von dem zahmen Löwen in ihrem Englischbuch so liebte. Er rettet ein kleines Mädchen vor Räubern. Dann wieder wollte sie wie das geheimnisvolle Tier heißen, das wir beide noch nie gesehen hatten: ein Wombat, von dem ein australischer Vetter uns erzählt hatte. Sie hat später von ihrem Mann und ihren Söhnen noch einige Namen bekommen, alles übrigens Tiernamen, wie wir sie auch in der Kindheit benutzten.

Auch ich hatte viele Namen, und die hatte alle sie mir gegeben. Wenn wir beide zusammen waren oder am Telefon sprachen, benutzten wir immer die alten Namen, je nachdem, in welcher Stimmung wir gerade waren. In ihren schlimmsten Zeiten wollte sie von mir mit keinem Kindheitsnamen mehr genannt werden und wurde sehr böse, wenn ich es dennoch tat.

Ich kann mich an wenig erinnern, was mich mehr verletzt hätte als das. Ich fühlte mich tief getroffen. Es war, als wollte sie unsere Liebe, unsere gemeinsame Liebesgeschichte, unsere Kindheit auslöschen.

Später dann, nach Jahren, erlaubte sie mir wieder, sie mit unseren Namen zu nennen, und nannte auch mich wieder wie früher. Aber es war nicht wie früher und machte mich traurig. Das Mädchen, das diesen Namen getragen hatte, gab es nicht mehr in ihr. Sie war nichts als eine Erinnerung. Das Mädchen war fortgegangen. Das Mädchen war tot.

Diesen Namen hatte ich vergessen. Diesen Namen, den sie meiner Schwester gaben in der Schule. Diesen Namen, der sie so kränkte, der sie verfolgte, den sie so haßte. Diesen Namen, gegen den sie sich nicht wehren konnte. Ich schreibe ihn hin, weil es mir noch heute schwerfällt, ihn auch nur auszusprechen: »Wambu«.

Ich fühlte mich fast ebenso gekränkt wie sie, wenn ich hörte, daß einer sie so nannte. Es tat mir weh – immer.

Auf einem Fest treffe ich vor ein paar Jahren eine Frau, die in derselben Schule war wie wir, in der Klasse meiner Schwester. Wir stehen am kalten Buffet und reden von der alten Schule und darüber, daß dies traditionsreiche Haus abgerissen wurde und daß nun ein Kaufhaus dort steht. Und ich sage, kindischerweise hätte mich das entzückt, denn ich hätte diese alten Mauern gehaßt, sie seien imprägniert gewesen von den Beklemmungen und dem Angstschweiß vieler Mädchengenerationen. Und die Frau ist nicht meiner Meinung, sie kichert ein bißchen und fragt mich dann mit boshaften Augen, wie es denn »Wambu« gehe. Und ich, ich hatte diesen Namen verdrängt und vergessen. Und ich stehe da am Buffet und schaue in das Gesicht dieser Frau, die denkt, sie könne mich zum Lachen bringen mit diesem Namen. Und ich sehe das Gesicht meiner Schwester vor mir, sehe diese hellen hilflosen Augen und wie sie sich auf die Unterlippe beißt und puterrot wird bis hinauf zum Haaransatz. Und ich habe Lust, diese Frau zu ohrfeigen, und ich lasse sie wortlos stehen, dort am Buffet, und stelle meinen Teller irgendwohin. Und ich kann nicht bleiben auf diesem Fest. Und ich gehe, ohne mich zu verabschieden.

Meine Mutter sagt meiner Schwester, sie solle sich geradehalten. Meine Mutter sagt meiner Schwester, sie solle nicht watscheln wie eine Ente. Meine Mutter sagt meiner Schwester, sie lasse den Mund offenstehen beim Zuhören wie ein Idiot. Meine Mutter sagt meiner Schwester, sie sitze in der Zugluft, sie solle ihre Jacke holen, sie habe wieder keine Strümpfe an, sie solle die Hand vorhalten, wenn sie niese, sie solle sich den Mund abwischen, sie habe da was an der Backe. Ich finde das alles ganz normal. Mir sagt sie auch solche Sachen, wenn auch nicht so viele, an mir perlt das ab, aber nicht an meiner Schwester. Ich sehe, daß sie gekränkt ist, zornig und hilflos. Ich versuche sie zu schützen und sage die Sachen, ehe meine Mutter sie ihr sagen kann. Ich werfe mich zu ihrem Hüter auf und zugleich zu ihrem Folterknecht. Ich bin stolz auf mich. Ich verstehe nicht, warum sie so wütend auf mich wird. Oft weint sie vor Wut. Ich finde ihr Gesicht häßlich, wenn sie weint. Sie öffnet den Mund weit, und ihre Augen schwellen zu und sind danach rot und klein wie von einem Tier, keinem schönen Tier. Ich sage ihr das. Ich halte mich keineswegs für grausam, nur vernünftig. Im Grunde bin ich Mamas Arm und tue das, was sie auch tun würde. Ich erziehe meine große Schwester. Heute weiß ich, daß meine Mutter Angst bekam, als sie zusah, wie meine Schwester anfing zu einer Frau zu werden, erwachsen und selbständig. Sie wollte das Kind behalten, ihr Kind, das kranke Kind. Damals haben meine Eltern schon viele Jahre nicht mehr miteinander geschlafen. Meine Mutter hat mir später gesagt, daß das auch gar nicht nötig gewesen wäre für sie, es habe ihr nicht gefehlt. Ich glaube ihr das nicht. Meine Schwester wurde zur Frau, und meine Mutter sperrte sich dagegen, so gut es ging. Ich hatte noch Narrenfreiheit, war geschlechtslos.

Als ich laut loslache und meiner Schwester den Blutfleck in ihrem Hemd zeige und »Landkarte, Landkarte« schreie, gibt sie mir eine Ohrfeige. So entschlossen habe ich sie noch nie gesehen. Ich entschuldige mich. Ich weiß damals nicht genau, warum. In den Augen meiner Mutter kann meine Schwester nichts richtig machen. Meine Mutter betrachtet mich wohlgefällig, wenn ich mit ihr an meiner Schwester herumnörgele, wenn ich so deutlich auf ihrer Seite bin, so sieht es jedenfalls für sie aus. Sie sucht immer Verbündete. Mein Vater ist ungeduldig mit diesem »blöden Weibergerede«, er haßt das »Geheule« und »Geschreie«, wie er es nennt. Er schaut weg. Ich finde mich wunderbar. Ich weine nicht.

Ich liege im Bett, und ich habe mich wachgehalten, und ich bin ganz kribbelig vor Neugierde. Unten im Wohnzimmer sitzen meine Eltern feierlich zusammen und erklären meiner Schwester, wie das mit Mann und Frau ist. Es interessiert mich ungeheuer, und ich habe schon in vielen Büchern nachgelesen, was da passiert, aber habe es nie wirklich genau verstanden. Meine Freundin Marlene hat mir gesagt, der Mann würde die Frau anpinkeln, sie habe das gesehen auf dem Land bei einem Paar im Gebüsch. Aber das glaube ich ihr nicht ganz. Ich habe meinen Vater nackt gesehen und finde nicht schön, was da an ihm herunterbaumelt, auch farblich nicht schön, es ist so dunkel. Die Jesuskindlein auf den Madonnenbildern sind so hübsch glatt und rosig da unten. Das Ding sieht aus wie eine Süßigkeit, man möchte es streicheln. Ich hab's mir auch angeschaut, viel früher, als wir noch auf dem Land wohnten, beim Nachbarsbub. Ich habe neidisch zugesehen, wie er auf die Brennesseln pißte und wie es ihm gelang, mit dem Strahl eine Raupe wegzuschwemmen. Auch ich habe versucht, im Stehen zu pissen, vergeblich. Gefallen hat mir dieses kleine Ding schon. Ich habe meinem Bären eins gemacht, aus Plastilin, aber es ist abgebröckelt.

Meine Schwester kommt ins Bett und kann erst mal gar nichts sagen, weil sie so kichern muß. Dann beschreibt sie mir das, was sie gehört hat. Es ist mir unmöglich zu glauben, daß meine Eltern so etwas zusammen machen, und ich frage meine Schwester, ob sie dazu zu einem Arzt gehen, zu einem Fachmann, der sie ineinandersteckt. Meine Schwester sagt, sie können das allein. Ob man sich da nicht schäme, frage ich sie. Sie denkt lange nach und sagt dann, sie glaubt, es wäre so, wie wenn man zusammen in der Nase bohrt, das wäre ja auch eklig, und eigentlich müßte man das heimlich machen, aber wenn man jemanden sehr gut kenne und der würde das auch machen ... ja dann. Am Schluß frage ich sie, wieviel Samen da herauskommt, und sie denkt noch mal nach und sagt, sie glaubt, vielleicht ein Fingerhut voll. Wie das Zeug aussieht, weiß sie nicht.

Abends liest mein Vater uns vor. Er liegt auf dem gelben Sofa unter dem großen Bild, auf dem gefleckte Kühe, Ziegen und Hirten Rast halten, zu Füßen eines großen, dunkel belaubten Baumes.

Immer schaue ich dieses Bild an, während er liest und ich bei irgend etwas nicht zuhören will, weil ich es langweilig finde. Ich langweile mich bei Schillers »Räubern«. Ich langweile mich nicht bei »Nils Holgerson«. Ich langweile mich manchmal bei »Reineke Fuchs«. Am liebsten höre ich Poe und de Costers »Eulenspiegel«. Es ist schön, im warmen Zimmer zu sitzen, unter dem großen belaubten Baum auf dem Bild, und der Stimme meines Vaters zuzuhören, der von dem Werwolf auf dem Friedhof liest oder von der toten Frau, die ein Affe umgebracht hat. Die Illustrationen von Kubin anzusehen, erlaube ich mir nur selten. Ich habe Angst, davon zu träumen. Meine Mutter hat mich davor gewarnt, aber ich genieße es auch, bekomme genüßliche Gänsehaut; wenn es allzu grausig wird, gehe ich fort. Ich stelle mir vor, wie ich vom Stuhl aufstehe und in die Landschaft eintrete, die dort in der silbrigen Nachmittagssonne dahindämmert. Die halb schlafenden Kühe, die dort liegen und wiederkäuen, wenden kaum den Kopf, wenn ich zwischen ihnen herumgehe. Die Ziegen riechen heiß und scharf, klingeln immerzu und meckern. Es ist gut zu wissen, daß ich Unterschlupf finde in dieser Landschaft.

Das Laub, ich kann es fühlen, wie es seinen Schatten wirft auf mein Gesicht. Ich höre es rauschen, der Baum sitzt voller Grillen. Ich weiß das. Ich kenne das Geräusch.

Mein Vater liegt auf dem gelben Sofa und liest uns vor. Er bewegt die Hand beim Lesen und fährt sich manchmal übers Gesicht. Ich kann sehen, wie gerührt er ist von dem, was er uns da vorliest. Ich mag ihn dafür. Meine Mutter sieht immer aus wie jemand, der stolz ist auf dieses Schauspiel, auf diese Darbietung. Sie genießt es, wenn mein Vater uns vorliest. Es ist wie ein Sieg. Sie ist diejenige, die Gedichte schreibt und die sich neue Bücher kauft und uns daraus vorliest, wenn sie begeistert ist von dem, was da steht. Sie schneidet Fotos von Dichtern aus der Zeitung und hebt sie in ihren Gedichtbänden auf, zusammen mit getrockneten Glyzinien und Stiefmütterchen.

Seit ich denken kann, schreibe ich winzige Texte für sie. Zwei, drei, vier gereimte Zeilen. Kleine Märchenlügen, kurze Tiergeschichten. Ich habe immer etwas dazu gezeichnet. Wir beide haben gezeichnet für sie, meine Schwester und ich. Wir tun das immer noch und immer noch eigentlich nur für sie. Ihr Urteil ist sehr streng. Sie korrigiert alles. Sie zeigt uns sogar, wie wir das oder jenes zeichnen sollen. Sie läßt uns immer wieder abzeichnen, aus Kunstbüchern. Ich kopiere fast alle Szenen aus Breughels »Kinderspielen«, Murillo-Bettelknaben und die schmollenden Prinzessinnen und tieftraurigen Zwerge von Velázquez.

Ehe mein Vater meine Mutter heiratete, schickte

man sie auf eine Schule, auf der sie zeichnen lernte, aquarellieren, dichten und handarbeiten. Sie war nicht glücklich dort, darum erzählte sie nie davon. Aber von da an, das wußten wir, schrieb sie heimlich Gedichte. Später dichtete und zeichnete sie für uns Kinder kleine Bilderbücher zu Geburtstagen und zu Weihnachten.

Nun sitzt sie da im Sessel und hört meinem Vater zu, mit einem Gesicht wie ein drittes, großes Kind, das stolz auf seinen Vater ist, auch stolz vor uns, sie hat uns diesen Mann, diesen wunderbaren lesenden Mann ermöglicht.

Heute abend trägt meine Schwester ein blaues Samtkostüm, um das ich sie beneide. Ihre Haare glänzen, sie sieht anders aus als sonst. Ihr Gesicht. Ihr Lächeln. Ich glaube, sie hat sich die Wangen rot gemalt, die Lippen. Nur ein wenig, aber ich sehe es. Auch ihre Wimpern sind dunkler als sonst. Und ich weiß mit einem Mal, warum sie das getan hat. Mein Vater liest die »Jungfrau von Orleans« heute mit besonderem Pathos. Wir haben einen Gast. Es ist ein junger, schwergliedriger, blonder Mann mit ungelenken Bewegungen, der beim Zuhören mit dem Bein wippt. Meine Mutter hat ihn eingeladen. Sein Vater, ein, wie meine Mutter sagt, berühmter Denker und Schreiber, ist gestorben, nach langer Krankheit. Vorher hat ihn seine Frau, die Mutter des jungen Mannes, jahrelang gepflegt und keine Zeit und Kraft für ihre Kinder gehabt, vor allem nicht für ihn, der jetzt bei uns sitzt und mit dem Fuß wippt. Er war schon ein paarmal bei meiner Mutter zum Tee. »Man muß sich um ihn kümmern«, sagt sie. »Ein so begabter Junge«, sagt sie.

Wir haben ihn im Garten sitzen sehen an ihrem Teetisch. Wir waren uns da einig gewesen, wir mögen ihn nicht.

Nun sehe ich, daß meine Schwester ihm diesen schüchternen süßen Sternenblick gibt, den ich an ihr kenne, wenn sie die Fotos der Filmstars betrachtet, die in unserem Schrank hängen. Ich schaue mir sein Gesicht an. Er hat ganz weiße Wimpern und Brauen, wie ein Kalb, finde ich. Er schaut über den Tisch zu ihr hin. Mehr sehe ich nicht. Mein Vater hüstelt und liest weiter. Meine Schwester sitzt in ihrem blauen Kostümchen in dem großen gelbbezogenen Sessel, die Beine unter sich gezogen. Der Mann sitzt auf einem Teakholzstuhl aus Finnland und wippt mit dem Fuß.

Sie schauen sich an.

Als meine Mutter kommt, um mir gute Nacht zu sagen – meine Schwester darf noch aufbleiben –, erzähle ich ihr, daß ich den jungen blonden Mann im Nachbargarten gesehen habe, als er Fotos von der Nachbarin machte. Sie lag im Bikini auf ihrer neuen grünen Gartenliege. Das stimmt. Ich habe das gesehen. Der junge Mann will Fotograf werden und hat auch mich schon fotografiert. Ich sage auch, daß er sich zu ihr auf die Liege gelegt habe und daß er sie geküßt habe. In diesem Augenblick weiß ich nicht, ob ich das wirklich gesehen habe oder ob ich mir das vorgestellt habe. Als ich das Gesicht meiner Mutter sehe, weiß ich, daß ich jetzt nicht mehr zurückkann. Sie läßt es mich noch mal erzählen und noch mal, und sie glaubt mir nicht. Ich beteuere ihr, den Tränen nahe, daß ich das gesehen habe. Ganz genau gesehen habe, und jetzt glaube ich es. Sie glaubt mir.

Ich liege im Bett und fühle mich schlecht. Ich weiß nicht genau, warum. Ich will es auch gar nicht wissen. Ich rette mich in das Bild, das über meinem Bett hängt. Es ist eine Stadt auf Bäumen, in der Affen wohnen. In jeder Baumkrone gibt es ein Häuschen. Sie sind sehr verschieden. Sie gefallen mir alle. Es gibt auch Restaurants, Friseurläden und Bäckereien. Die Affen tragen Kleider, Taschen, Schuhe und Schirme. Sie klettern auf Strickleitern überallhin. Ich bin froh, daß ich in die Affenstadt verschwinden kann.

Der junge blonde Mann kommt nicht mehr zu uns.

Mit dreizehn wollte ich mir das Leben nehmen. Ich sollte eine Klasse wiederholen, und mein Vater sagte mir, er sei unglaublich enttäuscht. Man überlegte, wie man mich bestrafen könne, und beschloß, mich für eine Zeit von Familienunternehmungen auszuschließen. Ich durfte nicht mit zu der Einweihung von dem Krankenhaus, das mein Vater gebaut hatte. Ich durfte nicht dabeisein, wenn vorgelesen wurde. Aber auch beim Theaterstück, das meine Klasse aufführte, durfte ich nicht mitspielen. Ich sollte mich darauf besinnen, wie es war, unglücklich zu sein, denn ich machte meine Eltern unglücklich. Meine Schwester machte sich Sorgen um mich. Sie konnte nicht begreifen, warum ich mich nicht anstrengte in der Schule. Sie wußte, daß ich eine Unterschrift gefälscht hatte, um eine neue schlechte Note zu vertuschen. Sie glaubte, ich wäre auf dem direkten Weg in die Kriminalität, wie meine Mutter das prophezeite, unter Tränen und voller Scham meinem Vater gegenüber, der so hart für uns arbeite und ein so anständiger Mensch sei.

An dem Sonntag, an dem ich nicht mit aufs Land durfte, es war Herbst, und man wollte die Pracht des Laubes genießen, wie mein Vater sagte, an diesem Sonntag also suchte ich einen Gürtel, der mir stark genug erschien, und ging in den Keller, wo die Wasserrohre unter der Decke entlangliefen.

Ich stellte mir vor, wie sie nach Hause kämen und mich lange suchen würden, um mich dann hier zu finden. Ich legte den Gürtel um meinen Hals und zog ihn so fest zu, wie ich konnte. Es tat schrecklich weh. Ich setzte mich auf den Boden und weinte. Ich war zu feige und zu schwach, um »es« zu tun. Eigenschaften, die meine Eltern abgrundtief verachteten. Sie hatten recht. Ich taugte nichts.

Meine Schwester sitzt auf ihrem Koffer und will ihn nicht auspacken. Sie ist ein halbes Jahr in London zur Schule gegangen, und nun ist sie zurück. »Ich will nicht hierbleiben«, sagt sie und weint. Sie hat aus London einen schneeweißen »Dufflecoat« mitgebracht und will ihn nicht ausziehen. Mir hat sie eine Platte mitgebracht mit Kinderliedern, die ich heute noch auswendig kann. Als wir die Platte anhören, wirft sie sich aufs Bett und sagt, sie fühle sich so elend. Sie könne das nicht hören. Sie wisse nicht, was sie hier solle. Ich sitze mit vor Angst ganz enger Brust neben ihr. »Willst du nicht bei mir bleiben?« frage ich. »Ich will nicht hierbleiben«, sagt sie. »Ich will zurück nach London.« Ich umarme sie, und wir weinen beide ein bißchen und sitzen auf dem Koffer. Ein paar Jahre noch, und ich werde ins Internat gehen und sie zurücklassen, allein, hier. Sie konnte mir das nie verzeihen. Sie ist damals geblieben. Was hätte sie auch tun sollen.

Noch ist ein Leben ohne meine Schwester undenkbar für mich. Sie ist meine Verbündete, meine Orientierung, mein Gegenüber. Ich muß alles tun, um sie glücklich zu machen, damit sie bei uns bleibt in der Familie und nicht fortgeht. Ich fühle, daß sie fortwill. Ich weiß nicht, wie sie das machen will, aber sie will fort. Ich habe Angst, sie wird sterben.

Nach meiner Zeit im Internat bin ich nie wirklich wieder nach Hause zurückgekehrt. Ich wollte nicht nach Hause zurück, und das wußte ich. Im Grunde hatte ich es so eingerichtet, daß sie mich ins Internat schicken mußten. Das weiß ich heute. Nicht damals, da fühlte ich mich machtlos und hilflos und ließ alles mit mir geschehen, wie ein erschöpfter Schwimmer, der aufgibt.

Ich war die erste von uns beiden, die sich im Ernst verliebte. Ich war auch die erste von uns beiden, die einen Mann an sich heranließ, das, was meine Mutter immer gefürchtet hatte. Meine Schwester hatte ihr gehorcht. Vielleicht hatte meine Mutter mit ihrer Angst recht gehabt. Aus mir wurde wirklich ein neuer Mensch. Ich konnte an nichts sonst denken als daran, wie es sich anfühlte, seinen Mund zu spüren in meinem Gesicht und ihn zu riechen, und wie es sich anfühlte, in einem Auto mit beschlagenen Scheiben zu sitzen und nichts anderes zu wissen als die nächste Berührung. Eigentlich war ich immerzu vollkommen müde vor Sehnsucht. Mein Körper schwer und traurig, weil ich ihm nicht erlaubte, eins zu werden mit diesem Männerkörper. Ich konnte weder essen noch schlafen. Ich hatte keine Energie übrig für irgend etwas anderes als dieses hellodernde Gefühl. So schlimm hatte ich mir die Liebe nicht vorgestellt.

Ich stehe am Fenster und schaue hinunter auf die

Straße. Es regnet. Die beiden Birken neben dem Plattenweg glitzern im Licht der Straßenlampe, wenn sie der Wind hin und her biegt. Ab und zu fährt ein Auto vorbei, verwischt vom fallenden Regen. Bei jedem Auto, das vorbeifährt, halte ich den Atem an, bei jedem Auto, das vorbeifährt, zittere ich und bilde mir ein, es verlangsame die Fahrt, bei jedem Auto, das vorbeifährt, bin ich bereit loszurennen. Dann plötzlich steht er da auf der Straße zwischen den Birken, im Regen, mit gesenktem Kopf, ohne Mantel, das blonde Haar dunkel vor Nässe. Später der Ledergeruch im Inneren des Autos. Später seine kalte Hand in meinem Nacken unter dem Haar. Später der schmale beleuchtete Streifen, den ich sehe von seinem Gesicht, bleich im Licht der Straßenlampe: ein Ohr, auf dem feine Flaumhärchen stehen. Eine Braue, dunkel und ölig wie ein Tausendfüßler, die Haarsträhne, die hinunterleckt auf seine Wange. Ein Auge, unter unruhigen Wimpern, durchsichtig klar wie ein Amethyst.

Meine Schwester war nicht auf der Seite meiner Mutter, die heimlich mein Tagebuch gelesen hatte und laut weinte, während sie die Hemden meines Vaters bügelte und mir sagte, daß ich auf der Straße enden würde, in der Gosse, und daß mein armer Vater, wenn er es erführe ... nicht auszudenken, wie das für ihn wäre, wenn sie es ihm sagen müßte, und ich sei ein Ungeheuer der Undankbarkeit. Mein Vater arbeite sich zu Tode für uns, und ich versage in der Schule, weil ich so einen Kerl ... Meine Schwester war nicht auf ihrer Seite. Ich sah, wie kalt sie meine schluchzende Mutter musterte, das hieß aber keineswegs, daß sie gut fand, was ich da tat. Sie war nicht auf der Seite meiner Mutter. Sie war aber auch nicht auf meiner Seite. Sie sagte mir, sie habe sich diesen Kerl angesehen und sei enttäuscht von mir. Sie könne nicht glauben, daß mir ein so häßlicher, gewöhnlicher und dummer Mann gefalle. Er habe abstehende Ohren, O-Beine und eine schlechte Haut. Ich lachte nur über sie. Ich erlaubte niemandem, mich von ihm fernzuhalten. Ich log. Ich kletterte nachts aus dem Fenster. Ich ließ die Schule schleifen. Meine Schwester schloß ich von nun an aus meinem neuen Leben aus, und wir sprachen nicht viel miteinander. Als der Mann eines Nachts mit einer Leiter, die ich für ihn neben der Hauswand ins Gras gelegt hatte, zu meinem Fenster hinaufkletterte, um neben mir in meinem Bett zu schlafen, hörte ihn meine Schwester und weckte meine Eltern. Ich glaube nicht, daß sie wußte, was sie tat. Ich glaube ihr, wenn sie sagt, sie dachte, es sei ein Einbrecher. Ich wurde ins Internat geschickt und ließ sie zurück. Damit war unsere gemeinsame Kindheit zu Ende.

Am Bahnhof einer fremden Stadt stehe ich mit meinen Klassenkameradinnen. In blauer Schuluniform. Mit Rucksäcken. Wir warten, bis unsere Gruppenmutter den Heimtransport geregelt hat. Wir waren im Museum und haben eine Fotoausstellung gesehen. Traurige Fotos von mageren Leuten, die vor heruntergekommenen Bauernhöfen sitzen.

Ich sehe meinen Vater. Er kommt durch die Sperre und zieht eine Frau hinter sich her. Die Frau hat ein junges rundes Gesicht, eine kleine Nase, die keck aufgerichtet ist und sommersprossig. Ich schau sie mir genau an. Ich will mich schon ducken zwischen meinen Klassenkameradinnen, denn plötzlich sind sie ganz dicht vor uns, mein Vater und diese Frau, aber mein Vater sieht nichts, nur diese Frau, das ist deutlich, und er wikkelt ihr das Tuch, das sie um den Hals hat, fester, und sie berührt ihn dafür an der Nase, mit dem Zeigefinger, und dann sind sie weg. Ich sage niemandem etwas davon.

Ich rufe meine Schwester an und versuche, ihr das zu erzählen. Man darf nur im Zimmer der Direktorin telefonieren. Sie sitzt neben dem Telefon in einem geblümten großen Sessel und beobachtet mich durch ihre runde Brille. Ich weiß nicht, ob meine Schwester versteht, was ich ihr sagen will.

Meine Schwester studiert Sprachen in München, und sie hat einen Freund. Einen Russen, passend zur Sprache. Sie fährt nur am Wochenende nach Hause, so wie ich. Manchmal kommt sie nicht. Ich glaube, diese zwei Jahre, in denen sie studiert, sind ihre glücklichsten. Die Männer, die sie liebt, dort in der Großstadt, sind interessant, unberechenbar, grausam und rätselhaft für mich. Sie erzählt von ihnen, aber zeigt mir nie einen. Sie hat Angst, daß ich ihnen gefalle. Der Russe ist eines Tages verschwunden, ohne ein Wort. Er taucht nie mehr auf. Der Spanier kann so lieb zu ihr sein und so kalt. Man weiß nie, wie es heute wird mit ihm. Meine Schwester leidet und erzählt mir davon leise, nachts im Bett an den Sonntagen. Ich selbst habe keine Lust mehr auf meine erste große Liebe, wegen der ich ins Internat gekommen bin, und trenne mich. Ich glaube, ich tue es meinen Eltern zuliebe.

Sie hatten diesen jungen Mann von Anfang an gefürchtet und verachtet.

Meine Mutter sieht ihn zufällig in der Stadt und vergißt, was sie eigentlich einkaufen wollte. Sie hält ihn für einen Proletarier. Im gemeinsamen Urlaub in Griechenland, so erzählt sie mir später, glaubt mein Vater bei jedem jungen großen blonden Mann, dem sie begegnen, er sehe aus wie »meiner«. »Dann«, sagt meine Mutter, »ist uns beiden der ganze Tag verdorben.«

Einmal, als er die Tür aufmacht und den Jungen draußen stehen sieht, mit einem schön verpackten Weihnachtsgeschenk für mich in der Hand, gibt mein höflicher, liebenswürdiger, wortgewandter Vater ihm, ohne etwas zu sagen, einen Stoß vor die Brust und schließt die Tür mit einem Knall. Es ist mir unheimlich, was ich da freigesetzt sehe in meinen Eltern. Eine solche Macht über sie zu haben ist mir unheimlich. Ich möchte nicht, daß etwas, das ich tue, sie so verändert. Ich werde ängstlich und unsicher davon.

Ich glaube, ich trenne mich meiner Eltern wegen von diesem Jungen. Vielleicht bilde ich mir heimlich ein, sie brauchten dieses Opfer von mir.

Meine Eltern befinden sich in einer tiefen Krise. Mein Vater hat eine Geliebte. Später erfahren wir, daß es diese Geliebte gibt, seit ich drei Jahre alt bin, und daß sie nicht die einzige ist, aber die, die ihn am meisten schmerzt.

Er will mir diese Liebesgeschichte am Strand von Acapulco auf meiner Hochzeitsreise erzählen. Ich muß heiraten. Ich bin im vierten Monat schwanger, aber man sieht es kaum im Hochzeitskleid. Mein Vater ist zur Hochzeit nach Mexiko gekommen. Er ist so unglücklich über die Aussicht, mich zu verlieren, daß ich ihn die ganze Zeit trösten muß, obwohl mir immer nur übel ist. Im Taxi, das uns zur Kirche bringt, schnüffelt er und sagt: »Und wenn ich denke, wie schön die Hochzeit deiner Schwester damals war.« Das ist nicht wahr. Auch sie mußte heiraten, und am Ende, als der Bräutigam schon mit dem Blumenstrauß in der Eingangshalle wartete, fing sie an zu weinen und wollte nicht mehr mitspielen. Ich habe sie damals überredet, mit ein bißchen Champagner und der Hilfe der alten Frau, die gekommen war, um beim Gläserspülen zu helfen.

Ich wollte auch nicht heiraten und heiratete doch. Ich fühlte mich wie ein Karnickel auf dem Hackblock.

Nun saßen wir am Strand von Acapulco und sahen den Pelikanen zu. Das Drama seiner Geliebten und seine Bekenntnisse, wie unglücklich er eigentlich immer gewesen sei, wollte ich nicht hören, nicht in Acapulco. »Ich muß es einmal jemandem erzählen. Du bist der einzige Mensch, den ich habe«, sagt er. Den Satz mit dem »einzigen Menschen« hörte ich oft von ihm. Zu meiner Schwester hat er so etwas nie gesagt. Er nahm ihr übel, daß sie unansehnlich geworden war und daß sie einen Mann genommen hatte, mit dem er nichts anfangen konnte. Ich glaube, meine Schwester hat meinen Vater sehr geliebt und war zu schüchtern und zu unbeholfen, um ihn so offen zu manipulieren, wie ich es tat. Ich war der Meister der Manipulation. Ich konnte den König des Selbstmitleids manipulieren, aber am Ende hat mir das nichts genutzt.

Meine Schwester hat sich die Geschichte mit der einen und den vielen Geliebten meines Vaters über die Jahre viel mehr zu Herzen genommen als ich. Gemeinsam mit meiner Mutter haßte sie diese Frau und diesen anonymen Frauenhaufen. So manches Telefongespräch wurde darüber geführt. Sie tat so, als betrüge mein Vater nicht nur meine Mutter, sondern auch sie. Und irgendwie tat er das ja auch.

Damit nicht genug. Mein Vater hatte körperliches Verlangen nach mir, seiner jüngeren Tochter, die ihm glich und die, wie er sagte, seine kleine weibliche Ausgabe sei. Meine Mutter, die schon lange nicht mehr sein Bett teilte und die Angst hatte, ihn zu verlieren, schob mich ihm hin. »Da, nimm diese kleine Frau und laß mich in Ruhe.« Nicht, daß sie diesen Satz jemals ausgesprochen hätte. Zu mir sagte sie genauso ohne Worte: »Untersteh dich, was mit ihm anzufangen.« Und das hatte ich nie vor. Damals liebte ich meinen Vater noch, bewunderte ihn und wollte es ihm in allem recht machen.

Ich fand ihn so schön.

Ich sehe ihn in unserem Garten, eingebettet ins dunkle Grün unseres Gartens. Er lächelt mir zu. Seine schwarzen Haare locken sich über den Ohren, sein Gesicht ist so braun, daß seine Zähne und seine Augenbälle schneeweiß schimmern wie Muschelscherben. Ich schaue ihm zu beim Graben. Das Licht ist weich und blau. Es fängt gerade an, dunkel zu werden. Er trägt ein rotes verwaschenes Hemd. Seine Arme kommen aus seinen aufgekrempelten Ärmeln, braun und glänzend wie Leder. Es tut mir weh, daß er so schön ist, denn ich kann nichts anfangen mit seiner Schönheit, das ist nur eine Ahnung, und sie streift mich kurz wie eine dunkle Wolke.

Als ich fühlte, in welche seltsame Verwirrung ich ihn bringen konnte, entzog ich mich ihm, so gut ich konnte. Nie mehr raufte ich mit ihm oder setzte mich auf seinen Schoß. Ich hörte auf, zu ihm in die Badewanne zu steigen oder ins Bett. Er hat nie etwas Ungehöriges unternommen, das mich beunruhigt hätte. Ich bin ihm dankbar dafür. Einmal als wir rauften und er auf mir zu liegen kam, sah ich plötzlich etwas in seinem Gesicht, das mich zu Tode erschreckte. Ich machte mich ganz schlaff, stellte mich tot und kroch dann unter ihm heraus. Ich habe ihn nie mehr so nah an mich herangelassen. Ich erinnere mich an einen Abend im Sommer und an den glänzenden ultramarinblauen Boden meines neuen Zimmers.

Ich stehe vor dem Bett und will mich gerade ausziehen. Ich stehe barfuß auf dem kühlen Boden, und draußen ist es gerade noch hell, und ich höre die Vögel im Garten. Das Zimmer ist neu. Wir haben angebaut, eine Scheibe zum Haus dazugebaut, und ich bin glücklich über mein eigenes, mein erstes eigenes Zimmer. Mein Vater kommt mir gute Nacht sagen. Das tut er sonst nie. Ich trage ein großes verflecktes dickes Sweatshirt. Ich trage immer dieses eine Sweatshirt, weil es so weit und dick ist. Es verbirgt am besten die kleinen Hügel meiner Brust, die in diesem Sommer gewachsen sind und die mich jucken wie Bremsenstiche. Mein Vater bleibt vor mir stehen und verschränkt die Arme über der Brust. Mein Vater steht im Zimmer und schaut mich an. Ich bin verlegen, weil er da steht und ich da stehe und weil ich mich nicht vor ihm ausziehen will und weil er allen unausgesprochenen Familiengesetzen zum Trotz da stehen bleibt und ich in seinen Augen sehe, daß er gekommen ist, um mich nackt zu sehen. Der Familienehrenkodex schreibt vor, daß ich nicht bemerken darf, daß er mich nackt sehen will, das bedeutet, ich muß so tun, als wäre nichts. Da stand er und rührte sich nicht und wartete. Ich haßte ihn, haßte ihn dafür. Ich wollte niemandem erlauben, diese kleinen Hügel zu sehen, ihm am allerwenigsten.

Schließlich gab ich nach. Ich wurde mit einem Mal so schrecklich müde, daß ich mir nichts anderes wünschte, als ins Bett zu kriechen. Ich zog das Sweatshirt aus und schlüpfte in mein Nachthemd. Den Blick spürte ich wie einen Übergriff. Noch heute kann ich dieses Gemisch aus Wut, Hilflosigkeit und tiefer Müdigkeit spüren.

Mein Vater hat nie versucht, mich mit den Händen zu berühren. Doch, ein Mal, an einem sonnigen Nachmittag in meiner Wohnung. Aber da war ich schon über Dreißig und konnte ihn abschütteln und lachen.

Mein Therapeut brachte mich dazu, mit meinem Vater zu sprechen. Das fiel mir sehr schwer. Ich mußte ihm klar und deutlich sagen, ich wolle und würde nie mit ihm schlafen. Ich sagte es ihm in einem Restaurant vor einem Teller Spaghetti. Er sagte kein Wort dazu. Und so habe ich's gelassen.

Ich glaube, daß meine Schwester und meine Mutter fühlten, was sich da zwischen meinem Vater und mir abspielte. Sie taten sich zusammen gegen mich und bestraften mich. Es war nichts Deutliches. Sie hielten mich, so klein sie konnten, und ließen mich behutsam wissen, wie wenig sie von mir hielten. Ich kämpfte verbissen um ihre Liebe und bemerkte nicht, daß sie gegen mich waren. Ein anderes Lager. Ich hätte das, glaube ich, damals nicht ertragen können.

Nach Mallorca reisten wir in dem Jahr, in dem ich zwanzig geworden war, angefangen hatte zu studieren und mich heftig verliebt hatte, in einen Medizinstudenten, der für ein Jahr nach Amerika gegangen war, um dort zu arbeiten. Noch immer fanden damals die Ferien der Familie gemeinsam statt, denn wie mein Vater sagte: »Solange ich dafür zahle, erlaube ich mir den Luxus, meine Töchter um mich zu haben.«

Mich hatte er um sich. Meine Schwester wurde krank, und meine Mutter blieb mit ihr zu Hause zurück, um sie zu pflegen. Ich reiste mit meinem Vater nach Mallorca. Wir bewohnten, aus Sparsamkeit, wie er sagte, ein Doppelzimmer, und mein Vater genoß es, daß alle Leute im Hotel dachten, ich sei seine junge Frau. Er benahm sich auch ganz so mit mir wie mit meiner Mutter – alles wurde so gemacht, wie er es wollte. Abends durfte ich nicht in die Bar gehen, weil er angeblich nicht mehr einschlafen konnte, wenn ich später als er zu Bett ging und ihn aufweckte.

Meine Mutter hatte mir bei der Abreise besorgt sein Wohlergehen ans Herz gelegt. Ich mußte jeden Tag mit ihm spazierengehen, was ich haßte, und so lange mit ihm schwimmen, wie er das wollte. Ich dachte an meinen Medizinstudenten und schrieb ihm jeden Tag sehnsüchtige Briefe, die ich am Empfang abgab. Ich unterhielt mich dort mit dem jungen Spanier, der auch Architektur studierte wie ich. Als meine Mutter mit meiner gesund gewordenen Schwester endlich nachkam, hatte sie keine Lust, bei meinem Vater einzuziehen. Sie sagte, meine Schwester brauche sie noch, und so blieb ich bei ihm wohnen. Wir waren wie zwei Reisegruppen. Mein Vater forderte meine Loyalität und erwartete von mir, daß ich gerne mit ihm weiter das Zimmer teilte. Meine Mutter hatte mir geschickt meinen Vater aufgehalst wie so oft und versteckte sich hinter der Rolle der Krankenschwester. »Heute gehst du wieder mit ihm spazieren, ich habe ihn dir schon gestern abgenommen«, sagte sie zu mir, oder: »Dein Vater hat Sorgen, man sollte ihn ein bißchen aufmuntern, laß dir was einfallen.« Meine Schwester schlief gerne mit meiner Mutter im Doppelzimmer. Sie hatte sich in den jungen Mann am Empfang verliebt, den spanischen Architekturstudenten, und ich glaube, meine Mutter nahm an dieser unerfüllten Romanze regen Anteil. Nachts im Bett berieten sie sich gewiß miteinander. Mir erzählten sie nichts davon, aber ich konnte es erraten. Am letzten Tag, der meinem Vater und mir noch von unseren Ferien auf der Insel blieb – meine Mutter und meine Schwester reisten erst eine Woche später ab –, bat mich meine Mutter, dem jungen Mann einen Brief meiner Schwester zu übergeben. »Sag gar nichts, gib ihm nur den Brief«, sagte sie. Sie erklärte mir, wie traurig meine Schwester sei, weil er sie nicht beachte.

Ich gestehe, daß ich mir den jungen Mann nun zum ersten Mal genauer anschaute und daß ich mich auf der Stelle heftig zu ihm hingezogen fühlte, aus welchem

Grund auch immer, und daß es mein letzter Abend war und ich Erlaubnis hatte auszugehen, in die Hotelbar, nicht weiter. Und ich gestehe auch, daß dieser junge Mann nach seiner Arbeit am Empfang in die Bar kam und ich ihm erzählte, wie elend ich mich fühlte, weil mein Medizinstudent ein ganzes Jahr nach Amerika gegangen sei, und es stimmt auch, daß er sagte, er mache sich nichts aus meiner Schwester, und daß wir hinuntergegangen sind in die dunkle Bucht und uns auszogen und uns küßten und die ganze Nacht zusammen waren, bis es hell wurde.

Diese Nacht, so versicherten wir einander, gab es eigentlich gar nicht. Niemand wußte von uns, niemand würde es erfahren, und niemand könnte uns sehen, nicht einmal wir konnten einander sehen, und wir erkundeten uns tastend wie zwei Blinde. Es war ganz leicht, alles mögliche zu sagen und zu tun. Wir waren dabei überschwenglich froh und traurig zugleich. Was wir hier miteinander machten und uns sagten, war keine Wirklichkeit, so als träumte ein wunderbarer Schläfer diese Nacht, dieses Meer und diese beiden Körper. Wir durften ein paar Stunden in einem fremden Traum zusammensein. Welch ein Glück für uns.

Und obwohl es »nicht zum Schlimmsten kam«, wie meine Mutter es genannt hätte, wußte ich doch, daß mein Vergnügen mit ihm damit zusammenhing, daß meine Schwester ihn wollte, meine Mutter ihn mir verbot und mein Vater eifersüchtig auf ihn war. Ich habe mich geschämt und nie auf seine Briefe geantwortet. Aber ich denke noch heute an ihn und diese Nacht wie an eine besonders wundersame Musik, die ich einmal vor langer Zeit gehört habe.

Erst als meine Schwester ein Kind erwartete und verzweifelt war, durfte ich den Mann sehen, von dem sie es hatte. Ihn hat sie geheiratet. Sie fürchtete sich vor meinem Vater und gab mir den Auftrag, ihm von ihrer Schwangerschaft zu erzählen. Ich sagte es ihm auf einem besonders langen Waldspaziergang, der seiner Laune gutgetan hatte. Er machte ein Gesicht wie jemand, der in etwas Bitteres gebissen hat, und sagte dann: »Wenn sie abtreibt, kann ich sie nicht mehr liebhaben.« Einen Satz, den ich geradezu lächerlich unecht fand. Ich selbst wurde später auch schwanger und mußte heiraten. Ich hatte schon einmal vorher abgetrieben und brachte es nicht über mich, es noch einmal zu tun.

Wir haben eine Großtante, die in Mexiko-City lebt. Nach dem Vordiplom beschließe ich, in Mexiko weiterzustudieren. Mir gefallen die mexikanischen Betonschalenbauten. Tagsüber arbeite ich in einem Büro und abends schreibe ich auf, was ich erlebe, und zeichne dazu. Ich bin viel zu feige zuzugeben, daß ich nie eine leidenschaftliche Architektin werden kann. Ich bin auch viel zu feige zuzugeben, daß ich eigentlich nur schreiben will. Ich lerne den Mann, den ich später heirate, in Acapulco kennen. Er ist gerade mit seinem Surfbrett auf einer großen Welle in eine Kolonie Seeigel getrieben. Er ist am ganzen Körper zerstochen und mit oranger Tinktur beschmiert. Er ist Architekt.

Als ich ein Kind erwarte, heiraten wir. Als wir ein zweites Kind bekommen, höre ich auf zu studieren und zu arbeiten. Ich fange an zu schreiben. Ich zeige niemandem, was ich schreibe.

Mein erstes Kind, meine Tochter, bekomme ich in Deutschland. Meine Mutter mißtraut den Krankenhäusern im Ausland, sie möchte mich zu Hause haben, sagt sie. Ich will nicht kommen. Mein Vater findet mich selbstsüchtig meiner Mutter gegenüber, also reise ich doch von Mexiko nach Deutschland. Meine Mutter und meine Schwester sind glücklich darüber, daß ich ein Kind bekomme, damit ich, wie meine Mutter sagt, nicht mehr so in der Weltgeschichte herumvagabundiere. »Du wirst stillen«, sagt sie. »Du wirst ganz für das Kleine dasein.« Sie verachtet Frauen, die sich nicht um ihre eigenen Kinder kümmern. Sie hat noch nie etwas von Frauen gehalten, die arbeiten und womöglich noch erfolgreich arbeiten. Sie verachtet berufstätige Frauen. »Jetzt bist du eine von uns«, sagt meine Schwester glücklich. Ich habe große Angst, meine Freiheit zu verlieren, mich selbst. Ich ahne, daß ich nie mehr für mich allein werde entscheiden können. »Nicht mal alleine umbringen werde ich mich mehr können«, sage ich zu meiner Mutter. »Die Kinder werden dich erden«, sagt meine Mutter.

Ich habe Angst, häßlich zu werden, entstellt, das kann ich ihnen nicht sagen. Der Bauch meiner Schwester ist voller Schwangerschaftsstreifen. Ihre Brüste schlaff. Sie hat nie mehr den Körper von früher zurückbekommen. Am Anfang der Schwangerschaft, als ich nach Deutschland komme, um meine Hochzeit vorzubereiten, kann ich nicht schlafen und nicht essen, aus Angst, was nun mit mir geschehen soll. Ich bin noch ein Kind, so fühle ich mich, und soll selbst ein Kind bekommen. Meine Mutter und meine Schwester kommen mir vor wie zwei Hexen, die sich über mich hocken. Zwei schwarz angezogene Zauberinnen, die ich bei einem japanischen Puppentheater gesehen habe. Sie beugen sich über mich und jubeln über meinen Niedergang. Jetzt haben sie mich. Jetzt bin ich eine von ihnen. Mutter, Milchpfütze, Zuchttier, ausgehöhlt, Nährboden für neues Leben und dabei selbst ganz unwichtig geworden. Sie bringen mir das Baby meiner Schwester, wenn ich weine, legen es mir aufs Bett. Es ist süß und dick und schläft friedlich. Es gefällt mir. Aber will ich auch so eins?

Dann aber, als ich das Kind in mir spüre, zuerst wie eine geballte Faust, später wie einen zappelnden Fisch, will ich es haben und stimme dem Leben zu, das da in mir wächst.

Bei der Geburt dann sind beide Frauen dabei. Das ist schön für mich. Ich habe längst aufgegeben, mich zu wehren. Ich freue mich auf das Baby. Ich warte darauf. Ich sehe die beiden Frauen nicht mehr als Hexen, sondern als Leidensgenossinnen. Wir sind uns ganz nahe bei dieser Geburt. Wir alle drei wünschen uns ein Mädchen, und es wird ein Mädchen. Ich gehöre jetzt dazu und ich will dazugehören. Meine Schwester weint ein bißchen. »Es ist gar nicht so schlimm, das alles, du wirst schon sehen«, sagt sie in mein Ohr. Ich glaube ihr.

In Mexiko dann denke ich selten an meine Familie, und wenn ich an sie denke, tue ich es mit Zärtlichkeit und liebevoller Nachsicht. Ich bin ihnen entkommen. Ich, der Abenteurer, der tapfere Weltumsegler, denn so sehe ich mich. Ich bin stolz darauf. Ich spreche eine fremde Sprache wie meine eigene. Ich koche fremde Gerichte. Ich steige auf Pyramiden, sammle Totenköpfe aus Zucker, habe eine alte Waschfrau, die »Flor« heißt und mich liebevoll »Chica«, Mädelchen, nennt, und einen Mann, der schönere Häuser baut als mein Vater. Ich reise mit diesem Mann und meinen wunderbaren Kindern nach Acapulco und sehe die braunen Pelikane über die Bucht segeln und den riesigen eleganten Rochen mit seinen gestreiften Flügeln schlagend im Wasser unter mir vorbeitauchen, wenn ich hinausschwimme. Meine Mutter schickt Pakete, und ich bin gerührt von ihrer Fürsorge. Ich fühle mich stark, befreit von allem, was ich in Deutschland zurückgelassen habe. Fast habe ich es vergessen.

Warum kehre ich zurück?

Heute denke ich, daß es ihnen gelungen ist, mich zurückzulocken mit ihrer hilflosen Liebe. Ich wollte, daß meine Eltern meine schönen Kinder bewundern, meinen begabten Ehemann. Ich wollte mich ihnen zeigen als erwachsenen Menschen, als Mutter, als Ehefrau, als Gastgeberin. Ich wollte ihr Lob, ihre Anerkennung, ihren Segen. Und vielleicht wünschte mein Mann sich dasselbe von ihnen. Wir waren zutraulich und blind. Aber das sehe ich erst heute.

Nach fünf Jahren ziehen wir um, von Mexiko-City nach Deutschland. Mein Mann will bei meinem Vater arbeiten.

Meine Schwester und ich haben uns Briefe geschrieben und manchmal telefoniert. Sie war glücklich als Ehefrau, Mutter und Hausfrau, wie sie mir sagte in ihren Briefen. Sie klang gut am Telefon.

Als ich jedoch zurückkam, fand ich meine Schwester verändert. Sie war, so schien mir, zur Komplizin meiner Mutter geworden. Sie wirkten fast wie Schwestern. Das Kräfteverhältnis in unserem alten Zuhause hatte sich verschoben. Mein Vater war noch immer der Patriarch, jedoch meine Schwester war aufgestiegen in der Hierarchie. Sie war die Mutter der beiden Enkel, die meine Eltern liebten und eigentlich immerzu um sich haben wollten. »Das Leben des Hauses« nannte sie meine Mutter. Meine Eltern fingen an, alt zu werden, und fürchteten die Wutanfälle und Tränen meiner Schwester. Noch immer wurde sie krank, wenn sie sich sehr aufregte. Den Mann meiner Schwester duldeten meine Eltern, sie mußten ihn dulden. Am liebsten hätten sie die Tochter und die beiden Enkel für sich ganz allein gehabt.

Der Erstgeborene meiner Schwester wird meinen Eltern gegeben, so nennt es mein Vater später, wie ein Geschenk des Himmels. Es ist der Sohn, den mein Vater nie bekommen hatte und den ihm meine Mutter, die sich immer schuldig fühlte, nun doch verschaffen konnte. Er ist ein wunderschönes blondes Kind, mit der Hakennase meines Vaters in seinem kleinen Gesicht. Er braucht viel Fürsorge, denn in seinen ersten Lebensjahren muß er zuerst Gipsverbände und später Schienen an den Beinen tragen. Er muß Gymnastik machen und später mehrmals operiert werden. Meine Mutter drängt meine Schwester zur Seite und kümmert sich um alles. Im stillen traut sie meiner Schwester nicht zu, die Pflege zu übernehmen. Sie ist die Hüterin dieses Kindes.

»Es ist, als hätte ich noch mal ein Kind bekommen«, sagt sie ganz glücklich zu mir, als ich mich darüber wundere, daß die Kinder meiner Schwester immerzu bei meinen Eltern sind. Sie wohnt mit ihrer Familie nur eine halbe Stunde von meinen Eltern entfernt. Sie kommt jeden Morgen her und kehrt jeden Abend zu sich nach Hause zurück. Meine Eltern finden das ganz normal. Alle finden das normal.

Ich komme zurück, und alles ist noch genauso wie vorher, und alles hat sich verändert. Es ist Winter. Es schneit heftig, als wir in Deutschland landen. Es schneit noch immer, als wir bei meinen Eltern ankommen. Meine beiden kleinen Kinder sind nach dem langen Flug müde und übellaunig. Ich bin allein mit ihnen, mein Mann wird nachkommen. Da stehen wir drei voller Schnee im Flur meines Elternhauses, dem Flur, den ich so gut kenne, in dem das Geheule der Kinder von den Sollenhofenerplatten widerhallt. Meine Mutter, mit glücklichem Gesicht, öffnet die Tür zum warmen, hell erleuchteten Wohnzimmer. Da steht meine Schwester, mit einem Gesicht von jemandem, der noch nicht damit fertig ist, die richtige Miene aufzusetzen, und der verlegen ist, daß man ihn dabei überrascht hat. Sie sieht mir vorsichtig entgegen, ohne sich zu rühren. Sie weiß noch nicht, wie das werden soll, wenn ich wieder da bin.

Das Haus meiner Schwester ist hell und luftig. Es gibt weiße Sessel und Sofas, ein Eßzimmer mit einem langen Tisch. Bilder, Blumen, schöne Gläser und buntes Geschirr. Meine Schwester kocht gut, und sie lebt gerne mit ihrem Mann und den Kindern zusammen. Das sehe ich, das weiß ich. Es gefällt ihr, Gäste einzuladen. Es ist schön bei ihr. Sie lädt uns ein, meinen Mann und mich. Wir vertragen uns so gut, alle vier. Ich bin so froh, daß wir uns gerne haben, alle vier. Alles sieht leicht aus mit uns, selbstverständlich und freundlich. Meine Schwester versteht sich besonders gut mit meinem Mann. Damals glaube ich, daß uns beiden, meiner Schwester und mir, die Flucht gelungen ist, die Flucht aus der Umklammerung meiner Eltern. Und ich trinke ihr triumphierend zu, und sie versteht mich, so scheint mir.

Erst später sagt mir meine Schwester, wie sehr sie in dieser Zeit gelitten habe. Sie erzählt von der hilflosen Wut, die sie gefühlt habe, gegen ihr Schicksal. Sie erzählt von ihrer Einsamkeit. Sie gefällt sich selber nicht und ist unzufrieden mit sich und ihrem Alltag. Sie möchte mehr und anderes. Sie möchte alles verändern. Was, das weiß sie nicht genau. Ich bemerke nichts davon, damals.

»Du und dein Leben, ihr wart wie ein Dorn in meinem Fleisch«, hat sie mir einmal geschrieben.

Meine Schwester und meine Mutter unternehmen alles gemeinsam. Fast könnte man sagen, sie sind gleich alt. Sie tragen die gleichen Kostüme und Pullover. Sie mögen dieselben Fernsehsendungen und dieselben Restaurants. Sie haben sich ein gemeinsames Leben eingerichtet, und gemeinsam erziehen sie auch die Kinder. Meine Schwester und meine Mutter sind sich einig, so sieht es für mich aus. Sie lieben die beiden kleinen Buben und kümmern sich gemeinsam aufs zärtlichste um sie. Es ist Sommer, und alles ist so wunderbar. Der Garten liefert Beeren, Blumen und Gemüse. Der türkisfarbene Pool ist gut umzäunt und immer beaufsichtigt. Es wird eingekauft und gekocht. Mein Vater hat ein zufriedenes Gesicht, meine Mutter spielt Klavier bei offenem Fenster und singt ein bißchen dazu. Warum ist das Gesicht meiner Schwester so böse, wenn wir zu Besuch kommen? Meine Mutter gibt sich alle Mühe, es uns allen schön zu machen. Das würde sie nie zugeben, sie wünscht sich über alle Maßen, geliebt und gebraucht zu werden. Sie tut alles, was in ihrer Macht steht, um unentbehrlich zu sein und liebenswert. All die Schwächen, die sie an anderen Menschen kritisiert, habe sie in sich ausgemerzt, so sagt sie. Sie haßt Leute, die neidisch sind, kleinlich, ängstlich, eifersüchtig und egoistisch. Es ist ihr wichtig, ja unerläßlich, edel zu sein und gut. So habe sie auch uns erzogen, sagt sie stolz, und anders will sie uns nicht haben. Dabei erträgt sie keine Kritik, nicht die kleinste. Kritik schmerzt sie unerträglich. Als ich einmal sage, wie gekränkt ich mich fühle, wenn sie etwas, was ich gekocht habe, mit gerümpfter Nase und dem Satz »Das mag ich nicht« ablehnt, und wie unhöflich ich das finde, bricht sie in Tränen aus und spricht den ganzen Tag nicht mehr mit mir. Als ich sie frage, was so schlimm für sie gewesen sei an meiner Kritik, sagt sie, sie habe geglaubt, ich sei einer der wenigen Menschen in ihrem Leben, der sie so liebe, wie sie nun einmal sei.

Meine Mutter sagt, sie tue alles für ihre Familie, für jeden einzelnen, und man kann ihr nicht widersprechen. Am meisten natürlich tut sie für meinen Vater, der immer noch unbestrittener Herrscher ihres Daseins ist, dem es Opfer zu bringen gilt und um dessen Wohlgefallen wir alle gemeinsam kämpfen müssen. Das ist kein Geheimnis, sondern gehört zu den festen Gesetzen meiner Familie, von Anbeginn sozusagen. Wir alle sind es nicht anders gewöhnt. Auch die Enkel, vor allem die beiden Söhne meiner Schwester, werden meinem Vater hingereicht, um ihn stolz und glücklich zu machen, ihn zu erfreuen und zu besänftigen. Er liebt es, wenn das Haus voll ist und die Kleinen durch den Garten tollen. Meine Mutter vermittelt zwischen den Enkeln und dem Großvater, bestimmt, wie er behandelt werden soll, was er benötigt, was er nicht duldet. Eigentlich, und das sehe ich erst heute, entsteht keine wirklich liebevolle Beziehung zwischen ihm und den Enkeln. Als meine Mutter tot ist, kümmert er sich nur noch wenig um seine Enkel.

In dieser großen glücklichen Familieninszenierung, und auch das sehe ich erst heute, gibt es keine Rolle für meine Schwester. Sie ist eigentlich überflüssig, es sei denn als Gesellschafterin meiner Mutter und Kinderfrau, obschon sie reichlich für ihre Dienste belohnt wird. Doch allmählich verschwindet sie. Sie geht unter.

Aber ich bemerke es nicht. Keiner scheint es zu bemerken. Meine Mutter ist eine schöne, vitale, fröhliche Frau, eine herrliche Köchin, warmherzig, großzügig, klug und dem guten Leben zugewandt, aber eben auch dieses schrecklich hungrige, verzweifelte Kind, das meine Schwester und deren Kinder ganz für sich will, ganz und für immer. Darin gleicht mein Vater meiner Mutter. Auch er ist tief drinnen bedürftig und einsam. Die beiden haben sich gefunden. Ich stelle mir vor, wie sie sich wortlos versprochen haben, einander die Eltern zu sein, die sie nie hatten. Und nun haben sie uns.

Meine Mutter liegt im Sterben, und ich glaube, ich trüge dieselbe Krankheit in mir, an der sie langsam stirbt, und auch mein Leben gehe nun zu Ende. Die Ärzte können mich schließlich davon überzeugen, daß ich nicht mit ihr sterben muß. Meine Schwester ist zunächst viel tapferer als ich, tröstet mich sogar und fühlt, wie sie mir sagt, Trauer, aber auch Erleichterung. Sie braucht eine längere Zeit, um zu begreifen, daß alles sich verändert hat. Ihr ganzes Leben hat sich verändert. Als meine Mutter stirbt und das Bündnis mit meiner Schwester sich auflöst, verliert meine Schwester das Gleichgewicht. Nun steht sie allein da, verwirrt und ohne Orientierung. Nach und nach erst fängt sie an zu erahnen, was mit ihr geschehen ist. Mit einem Mal fühlt sie Ekel und Haß. Sie fühlt unbändige Wut. Sie findet kein Ventil. Auch ich verstehe nicht, was sie quält. Es gibt keine Worte für das, was sie fühlt. Meine Mutter bleibt in ihrem Leben vorhanden wie eine mächtige Zauberin. Meine Schwester träumt, sie wäre selbst gestorben und begraben und meine Mutter wäre noch am Leben und drückte die steinerne Grabplatte mit aller Gewalt auf sie nieder. Sie träumt, wie sie in Panik versuchte, die Platte wegzuschieben, um sich aus dem Sarg zu befreien. Meine Mutter fällt ihr bei jedem Lied aus dem Radio ein, bei jedem Butterbrot, das sie den Kindern streicht. Sie sieht Hautfetzen meiner Mutter an ihren Küchengeräten hängen, sie sieht einzelne lange weiße Haare meiner Mutter in die Wolle ihrer Pullover verwoben. Wenn sie ihre Wohnungstür aufschließt, glaubt sie, meine Mutter irgendwo in einem der Zimmer singen zu hören »Keine Angst, keine Angst, Rosmarie«. Ein Lied von Hans Albers, das meine Mutter meiner Schwester gerne vorsang, um ihr Mut zu machen. Nachts glaubte sie, daß die Stimme meiner Mutter aus dem dunklen Garten nach ihr riefe. Nachts glaubte sie, daß meine tote Mutter in ihr Bett kröche, eiskalt, wimmernd und hungrig.

Heute plötzlich sehe ich sie stehen, am Tisch, im hellen Mittagslicht. Sie steht da und hält mit beiden Händen die Platte mit »Picante de Gallina«. Einem Gericht meiner bolivianischen Großmutter. Sie kommt gerade aus der Küche und hat rote Backen, und ihre Haare sind wild und gelockt vom Kartoffeldampf, ihre Augen blinzeln, und sie hat ein Grübchen in der Wange. Sie schaut uns an, uns drei, wie wir da an ihrem Tisch sitzen, ehe sie die Platte hinstellt. Sie hat den ganzen Vormittag gekocht, und sie weiß, wie wir uns alle auf das Essen freuen, und es ist ihr gut gelungen, und sie ist stolz, und sie lacht, als sie sich vorbeugt und uns die Platte zeigt mit den elfenbeinfarbenen Hühnern und den terrakottabraunen Kalbfleischknödelchen zwischen dem hellen Rot und Grün der Tomatensauce mit Erbsen. Jetzt steht die Platte auf dem Tisch.

Sie hat so hübsche Hände, viel kleiner als meine, und sie zittern nur ein bißchen, als sie nach den Löffeln greift und anfängt, das Huhn zu verteilen, und sie sagt, wir sollen uns selbst Kartoffeln nehmen, und sagt ihrem Mann, er soll Wein einschenken, und dann fangen wir alle an zu essen, und mich, mich schaut sie an, um abzulesen an meinem Gesicht, ob es gut ist, was sie da gekocht hat. Mein Mann hebt sein Glas auf sie, und ich stehe auf und versuche sie zu küssen, und wie immer erlaubt sie mir das ungern, und ich zwinge ihr meinen

Kuß auf und klebe ein bißchen Tomatensauce an ihre Wange.

Wir sind bei ihr zu Hause, und wir haben die Kinder zum Mittagsschlaf hingelegt. Das Fenster ist offen, und draußen im Garten stehen dicht beisammen die runden Köpfe der Dahlien und leuchten in ihren vielen verschiedenen Rottönen wie aus Glas.

Und ich sehe sie essen. Ich kenne die gesammelte Miene, die sie hat, wenn es ihr schmeckt. Ihr Mund, der röter wird und üppiger, wenn sie etwas gerne ißt. Ich sehe ihr Gesicht. Die Hingabe. Die Aufmerksamkeit. Ich spüre die Wärme, die von ihr ausgeht. Die Lebendigkeit. Die Freude.

Seit Tagen liege ich im Bett und weine. Ich kann nicht aufstehen, so traurig bin ich. Ich habe mich in einen fremden Mann verliebt und glaube, ohne ihn nicht mehr leben zu können. Meine Kinder sind noch klein, und ich habe schon einen Mann, und ich liebe meinen Mann. Ich weiß nicht, was ich tun soll. Mein Vater sagt, ich soll den einen Mann einfach als Liebhaber behalten. Meine Mutter sagt, man muß als Frau Opfer bringen. Meine Schwester ist ratlos. Mein Mann ist ratlos. Der andere Mann ist ratlos. Ich möchte einfach nicht mehr dasein. Wie das gehen soll, denke ich nicht zu Ende. Meine Kinder kommen zu mir ins Bett und umarmen mich.

»Wenn du stirbst«, sagt meine Tochter beunruhigt, »nimmt uns dann Tante Ratte?« »Ganz bestimmt«, sage ich, »aber ich sterbe auf gar keinen Fall.« Ich weiß nicht, ob sie mir glauben. In gewisser Weise sterbe ich schon, aber natürlich lebe ich weiter.

Ich trenne mich von meinem Mann. Mein ganzes Leben gerät aus den Fugen. Ich fühle mich schuldig am Schmerz meiner Kinder, am Schmerz meines Mannes. Ich weiß nicht, wie es mit mir und den Kindern weitergehen wird, und fürchte mich davor unterzugehen. Ich habe mich nicht nur als schlechte Ehefrau, sondern auch als schlechte Mutter erwiesen, ja als schlechter Mensch. Mein Vater, der mit meinem Mann in seinem Büro gerne zusammenarbeitete und ihn liebte wie einen Sohn, ist enttäuscht von mir. Er kann meine rigide Haltung, wie er sie nennt, nicht verstehen. Er findet, ich hätte mich arrangieren müssen. Das kann ich nicht. Meine Mutter vergleicht mich mit meinem Vater, sie vergleicht seine Untreue mit der meinen, sein ausschweifendes und triebhaftes Liebesleben mit dem meinen. »Die armen Kinder, diese armen Kinder«, sagt sie. Meine Schwester ist außer sich vor Kummer, als mein Mann nach der Trennung von uns wegzieht in ein anderes Land. Später sagte sie, ich hätte ihn ihr genommen.

Mein Leben mit dem neuen Mann ist schwierig, aber ich darf nicht jammern, ich habe es so gewollt. Von nun an spricht man von mir als von der »Armen«, auch meine Kinder sind »die armen Kleinen«.

Meine Schwester bedauert mich einerseits überschwenglich, wann immer wir uns treffen, andererseits beneidet sie mich um meinen Mut, ja meine Tollkühnheit, wie sie es nennt. Es drängt sie, mir Fälle von alleinerziehenden Müttern zu erzählen, deren Kinder gescheitert sind, sich von ihnen abwandten. Keine Frage, wer schuld ist am Elend dieser armen Kinder.

Ich schreibe an meinem ersten Buch.

Die Ferienreisen meiner Eltern werden aufgegeben. Meine Mutter sagt, sie will nicht mehr mit meinem Vater verreisen, wenn seine Frauen ihn im Hotel anrufen und ihm Briefe schreiben. »Ich werde nie mehr mit ihm verreisen«, sagt sie. Das bedeutet, daß wir, meine Schwester und ich, uns um die Ferien am Meer, die meine Mutter so sehr liebt und braucht, kümmern müssen. Eigentlich hatte sie immer lieber mit uns verreisen wollen, mit ihren Töchtern und ihren Enkeln. Nun war es soweit.

Wir verreisen also alle zusammen, drei Frauen mit vier kleinen Kindern. Es ist nicht erholsam, es hat etwas von einem Rudel, in dem der einzelne nicht so wichtig ist, und einerseits gefällt mir das, andererseits aber lähmt es meine Lebensgeister. Die Kinder allerdings lieben die Ferien mit ihrer Großmutter.

Heute fällt es mir schwer, mich an diese gemeinsamen Ferien zu erinnern, ohne traurig zu werden. Ich fühle mich damals so heimatlos ohne meinen Mann. Ich fühle mich auch heimatlos an diesem italienischen Strand, an dem Liegestuhl neben Liegestuhl steht. Mir fehlen die weiten leeren Buchten, das wilde Meer von Mexiko. Ich fühle mich auch heimatlos mit den beiden Frauen, aber auch das sehe ich erst heute. Sie bilden eine Einheit. Sie sind sich einig. Wortlos. Ich bin dazugekommen und nun eben auch dabei in diesem »Frauenland«, in dem es nur wichtig ist, was die Kinder essen, ob sie schlafen, ob sie einen Sonnenhut aufhaben und ob sie gut eingeölt sind. Meine Schwester und meine Mutter sind ohne Pause und immerzu Mütter. Sie beobachten mich vorsichtig. Nicht bösartig, aber wachsam. Ich habe mich als nicht vertrauenswürdig erwiesen, habe meinen Mann verlassen und dabei das Leid meiner Kinder in Kauf genommen. Ich habe die Architektur hingeschmissen. Mein neues Leben sieht für beide unsicher aus und gefährlich. Im Grunde bin ich ein fremd riechendes Tier in diesem Rudel. Ich wage nicht zu sagen, daß ich abends ausgehen will. Ich lasse mich nicht dabei erwischen, wie ich die Männer anschaue. Ich gefalle ihnen und möchte ihnen gefallen. Und das möchte meine Schwester heimlich auch. Sie möchte sich mit mir verbünden, das spüre ich. Manchmal, wenn wir auf dem Heimweg vom Strand in einem Laden Kleider anprobieren, in Glasketten wühlen, uns Sonnenhüte aufsetzen und meine Mutter draußen die Kinder bewacht, die in gemieteten Tretautos auf dem Gehsteig hin und her fahren, manchmal, wenn es uns gelingt, zusammen loszulachen, aneinandergedrängt vor dem schmalen Spiegel im Laden, wenn es gelingt, für Augenblicke verantwortungslos und albern zu sein, kann ich unsere alte Vertrautheit spüren. Die Vertrautheit, mit der wir früher auf dem Heimweg von der Schule in allen Süßigkeitenläden Schulden machten und dann zu Hause nichts mehr essen konnten, die Vertrautheit, mit der wir einmütig und schamlos die Klavierstunden schwänzten, um ins Kino zu gehen. »Fanfan der Husar«. Manchmal ist es beinah wie in den alten

Ferientagen der Kindheit. Die Strandpromenade hat sich nicht verändert. Das Eis schmeckt noch genauso. Auch die Schlager, die aus den Lautsprechern kommen, sind nicht neu, sie klingen so vertraut. Und doch gelingt es uns nicht, noch einmal freizukommen. Es gelingt mir nicht, meine Schwester mitzureißen. Meine Mutter will nie allein sein. Sie kann es nicht ertragen, wenn wir sie ausschließen. Trotzig wie eine kleine Schwester, will sie überall dabeisein und alles wissen, über alles mitreden.

Abends, vor unserem Eisbecher an dem kleinen Marmortischchen vor unserem Hotel, sitzen wir und sehen den Menschen zu, die an uns vorbeiflanieren. Meine Schwester beobachtet sehr genau, was um uns her passiert, und mir fällt ihr Gesicht ein an diesem Nachmittag im Museum. Wir spielen das Spiel, das wir als Kinder gespielt haben: »Wer willst du sein?« Wir sitzen auf einer gepolsterten blauen Bank vor einer Wand von Bildern und haben, während wir reden und schauen, ein Auge auf die Kinder, die zwischen den Besuchern herumrennen und unter die Bänke kriechen.

Wer willst du sein?

Wir sind in einer Ausstellung von Nicolas Poussin, den wir beide besonders lieben. »Ich?« Meine Schwester schaut sich um, sie schaut kurz die Bilder an, die um uns an den Wänden hängen. Lauter heroische Szenen, der »Tod des Germanicus«, der »Tod der Saphira«. Sie lächelt. Sie braucht nur einen Augenblick. »Die da«, sagt sie.

Das Bild kommt aus Dublin, und wir haben es noch nie gesehen. »Acis und Galatea«.

Es ist ein Bacchanal am Strand, das sieht man sofort: Träge Nymphen und Tritonen umarmen und vereinigen sich im seichten Wasser, umschwirrt von Putten und tangbekränzten Nöckkindern, die der ganzen Szene eine paradiesische Unschuld geben. Das göttliche Paar im Vordergrund ruht eng umschlungen in einem üppigen Zelt aus roten Seidentüchern, die von eifrigen Putten gerafft und gespannt werden. Es ist Abend, und das Meer liegt unter einem milden rosigen Licht. Meine Schwester aber möchte nicht Galatea sein. Sie möchte die nackte kleine Nymphe sein, die mit dem überirdisch leuchtendblauen Tuch, das der Wind bauscht und das über ihr aufsteigt wie ein zarter Flügel, diese kleine Nymphe, die sich mit einem Lächeln umsieht nach dem großen Liebespaar, während sie selbst weggeschleppt wird, sich wegtragen läßt von einem dunkel gefärbten bärtigen Wassermann. Sein Schattengesicht liegt schon an ihrer hellen Brust. Die Brandung umschäumt schon ihre Hüften. Gleich werden sie beide untertauchen. Die Tritonen blasen schon in ihre Muschelhörner.

»Die, die möchte ich sein«, sagt meine Schwester und senkt die Augen.

In dem Herbst, in dem mein Buch erschien, war meine Mutter schon krank, aber das wußten wir noch nicht. Sie hatte von meinen Erzählungen schon vorher ein paar gelesen, und sie hatten ihr nicht gefallen. In allen Erzählungen fand sie Anspielungen auf sich selbst und fühlte sich angegriffen und bloßgestellt. Meine Schwester konnte mit dem Manuskript nicht viel anfangen und wurde sehr verlegen, als sie mir die Blätter zurückgab und ich sie fragte, ob sie die Erzählungen gut finde. Später rief sie mich an, um mir zu sagen, ihr Mann habe sie gelesen und finde sie nicht gut. Mein Vater fand meine Erzählungen ganz nett. Ich hätte, so sagte er, ja schon immer so lebhafte Briefe nach Hause geschrieben. Er beschwor mich, meine Arbeit in der Galerie nicht aufzugeben. Er sei, so sagte er mir, stolz auf mich. Keiner seiner rotarischen Freunde habe eine Galeristin zur Tochter. Er habe seinen Freunden erzählt, ich leitete eine Galerie, das müsse ich verstehen. Er komme damit immer gut an.

Meine Mutter ruft an, ihre Stimme zittert. Sie sagt, meine Schwester habe ihren älteren Sohn einem Freund anvertraut, sie habe wieder mal groß aufkochen wollen für Gäste. Dieser Idiot habe natürlich nicht auf das Kind geachtet, und es sei ihm vom Schlitten gefallen und habe nun eine Gehirnerschütterung, der Arzt sei gerade dagewesen. Meine Schwester sei eine katastrophale Mutter, sagt meine Mutter, und sie weint laut vor Entrüstung. Man müsse ihr das Kind wegnehmen, sagt sie. Ich kann sie nicht beruhigen.

Meine Schwester ruft an und erzählt mir alles. Sie sagt, meine Mutter habe ihr am Telefon aus dem medizinischen Lexikon vorgelesen, was alles eintreten könne nach einer Gehirnerschütterung. Praktisch alles bis zum Schwachsinn. Sie weint vor Empörung über die Grausamkeit meiner Mutter. »Es ist doch mein Kind«, sagt sie. Ich kann sie nicht beruhigen.

Meine Mutter ruft an und sagt, meine Schwester gehe nie mit meinem Vater spazieren, und er leide darunter, und nun spreche er seit drei Tagen kein Wort, und meine Schwester lasse sich nicht blicken bei ihr. »Diese undankbare Person«, sagt sie empört. Alles hatte man für sie getan, und nun das.

Meine Schwester ruft an und sagt, meine Mutter wolle immer, daß sie mitkomme zu ihren Freundinnen, und sie habe dazu keine Lust, und nun sei meine Mutter beleidigt, weil sie nicht zum Geburtstagsfest der alten Lore mitgehe, aber sie könne Lore nicht ausstehen.

Mein Vater ruft an und sagt, ich solle auf meine Schwester einwirken. Sie sei frech zu meiner Mutter gewesen. Außerdem sei sie noch dicker geworden und habe Flecken auf ihren Kleidern.

Meine Mutter ruft an und sagt, meine Schwester, meine arme Schwester, sei krank, und sie würde gleich mal rübergehen und die Kinder zu sich holen und ihr Suppe bringen.

Meine Schwester ruft an und sagt, sie sehe den ganzen Tag fern, zum Lesen sei sie zu nervös.

Man muß ihm alle Zähne ziehen«, sagt meine Schwester am Telefon. »Der arme Teufel.«

Meine Mutter weint und sagt: »Das ist furchtbar für ihn.«

»Du mußt jemanden finden in München, der das gut macht.« Das sagen beide.

Ich suche jemanden. Mein Vater bekommt neue Zähne, sie sehen aus wie echt. Meine Mutter will nie über ihre Zähne sprechen. Sie gehe zu ihrem alten Zahnarzt, sagt sie. Sie wird verlegen und böse, wenn man sie fragt.

Etwas ist anders an ihren Zähnen. Das sehe ich, als ich zu Besuch komme. Sie hält die Hand vor den Mund beim Lachen, sie bricht ihr Brot in kleine Stückchen. Ich wage nicht, genau hinzuschauen. Ich weiß, das will sie nicht. Auch meine Schwester geht weiter zu dem alten Zahnarzt meiner Eltern. Ich kann sie nicht überreden, sich einen anderen zu suchen.

Nach dem Tod meiner Mutter fahren wir beide, meine Schwester und ich, im Zug nach E., um eine Erbschaftsangelegenheit zu regeln. Sie sitzt mir gegenüber, und sie sieht anders aus. Sie hält sich beim Lachen die Hand vor den Mund, mit derselben Geste wie meine Mutter. Ich erschrecke. »Was ist mit deinen Zähnen?« sage ich. Sie schaut mich an, traurig und hilflos. »Frag nicht«, sagt sie. Sie geht weiter zu dem alten Zahnarzt.

Sie geht auch weiter zu dem alten Arzt, der die Krankheit meiner Mutter viel zu spät entdeckt hat. Sie geht zu der Schneiderin, die die Kostüme meiner Mutter genäht hat. Sie geht zum selben Fischhändler und zur Gänsefrau. Sie wird unruhig und gereizt, wenn ich sie darauf anspreche. »Das verstehst du nicht«, sagt sie.

Meine Schwester ist dick, und ich leide darunter. Ihr Fett ist auch mein Fett. Ich hasse dieses Fett. Ich ekele mich vor diesem Fett. Ich schäme mich für dieses Fett. Ich fürchte mich vor diesem Fett. Nie mehr in meinem Leben ist mein Blick in den Spiegel frei von dieser Angst, diesem Ekel, dieser Scham. Ich kenne die Stellen, wo dieses Fett ansetzt. Ich weiß, wie die Haut über diesem Fett aussieht, wie es sich bewegt, wie es sich auch unter Kleidern in den Vordergrund drängt. Wie es siegt und triumphierend hervorquillt, wenn es irgendwo eingedämmt wird. Ich weiß, wie sich die Bewegungen verändern, wenn das Fett an der Macht ist, das Laufen, das Rennen, das Vorbeugen, das Hüpfen, das Sichausstrekken, alles ist verlangsamt, beschwert, verdorben. Es fällt mir schwer, meine Schwester anzusehen, wenn sie nackt ist. Es fällt mir schwer auszuhalten, daß ein fremdes Auge ihren angezogenen Körper abmißt und ihre Speckwülste abwiegt. Ich schäme mich für dieses Gefühl, das ich ihr verberge und auch mir. Ich mag mich nicht, wenn ich so bin. Es nutzt nichts.

Irgendwann habe ich angefangen, mich meiner Schwester zu schämen, und heute macht es mich traurig und wütend. Was war ich, was bin ich für ein Mensch? Was ist das für ein Mensch, der sich seiner Schwester schämt? Der sie liebt und sich ihrer schämt? Ihr Fett war mein Fett. Ihre Schüchternheit war meine Schüchternheit. Die Art, wie sie losheulte, mit offenem Mund wie ein Baby, ihr ganzes Leben lang, die Art, wie sie sich die Nase rieb, wenn sie juckte, wie sie schwerfällig ins Boot stieg, in den Bus, in die Wanne. Nie habe ich andere Menschen mit so kritischen, kalten, bösen Augen betrachtet wie sie – und mich. Noch heute stehe ich, wenn ich in den Spiegel sehe, meinem Scharfrichter gegenüber. Und heute noch suchen meine Augen angstvoll nach dem Fett meiner Schwester auf meinen Gliedern.

Wann hat das angefangen? Wann hat sie sich aufgegeben? Denn sie hat sich aufgegeben und mag sich nicht mehr. Und wir, wir alle mögen sie auch nicht mehr, jedenfalls nicht ihren Körper. Meine Mutter, die Yoga macht und uns gerne in der Sauna fragt, ob sie nicht gut aussieht, körperlich, verglichen mit den anderen Frauen ihres Alters, meine Mutter, die stolz ist auf ihre Beweglichkeit und die Schnelligkeit, mit der sie immer noch durchs Küchenfenster einsteigen kann, wenn sie den Schlüssel vergessen hat, meine Mutter begreift nicht, warum meine Schwester sich gehenläßt, wie sie das nennt. Sie versucht, meine Schwester zum Turnen zu bewegen, zum Diäthalten. Ohne Erfolg. Sie erreicht damit nur trotziges Beharren.

Mein Vater ist einfach nur beleidigt, daß seine Tochter nicht so schön ist, wie es ihm zusteht. Er möchte stolz sein auf seine Töchter. Er hat eine genaue Vorstellung, wie sie aussehen, wie sie sich kleiden und wie witzig, geistreich, charmant, gebildet und dabei bescheiden sie sein sollen. Meine Schwester macht ihm in allen Punkten einen Strich durch die Rechnung. Dabei ist sie klug und witzig, ihr Humor ist eigenwillig und genial und fehlt mir noch heute am allermeisten. Ich habe von ihr gelernt, trockene Bemerkungen zu machen, die ins Schwarze treffen, und ich habe von ihr gelernt zu sehen, daß etwa der Mann am Nachbartisch aussieht wie eine dieser hautlosen grauen Würste und die Frau wie eine Bachstelze.

All das aber wog wenig auf der Waage meines Vaters. Ihr war es nicht gegeben wie mir, sich bei ihm einzuschmeicheln. Ich habe sie immer umsonst gegen ihn und seine Ansprüche und seine Kritik verteidigt.

Wann hat das angefangen, wann hat meine Schwester sich nicht mehr geschert um ihr Aussehen? Was war mit ihr geschehen?

Mein Mann und ich bewohnten nach unserer Rückkehr aus Mexiko das Zimmer mit dem blauen Boden, in dem ich noch vor ein paar Jahren als Mädchen geschlafen hatte. Er fuhr jeden Tag mit meinem Vater in eine andere Stadt, in das dortige Büro. Es war Winter, und ich fühlte mich in diesem Zimmer mit den kleinen Kindern wie gefangen und gestrandet. Nach einem Monat begannen meine Rückenschmerzen. Ich hatte mich überhoben. Ich hatte wie in alten Zeiten versucht, die Probleme der Familie zu schultern. Es gab Probleme überall, und sie wurden bei mir abgeladen. Mein Vater war gekränkt, daß er nicht zum Professor berufen wurde, er gab meiner Mutter die Schuld, die von Anfang an hier in der kleinen Stadt hatte bleiben wollen. Er sprach verbittert von Kollegen, deren Frauen Kontakte für sie geknüpft hatten und ihnen so bei ihrer Karriere behilflich gewesen seien. Er warf meiner Mutter vor, ungastlich zu sein und menschenscheu. Meine Mutter dagegen mußte sich mit der Geliebten meines Vaters arrangieren und litt sehr unter seinem Verrat und der Schwermut, die ihn packte, wenn er seine Geliebte nicht treffen konnte. Meine Schwester kämpfte um ihr eigenes Leben.

Ich lag im Bett und konnte mich nicht mehr rühren. Ich hätte Unterstützung gebraucht, aber mir ging es ja eigentlich gut, fanden alle, nur die lästigen Rückenschmerzen. Ich bekam Trost. Meine Mutter kochte mir meine Lieblingsspeisen.

Da lag ich in meinem Bett, unfähig, mich zu bewegen. Ich aß und aß. Ich wurde fett. Ich war außer mir vor Angst und Scham. Erst als wir auszogen, weil wir eine Wohnung gefunden hatten in einer anderen Stadt – Vater, Mutter und Schwester, alle drei, weinten über unseren Entschluß wegzuziehen –, erst da nahm ich ab und wurde wieder so, daß ich mir gefiel. Meine Schwester blieb.

Als Kind fand ich meine Schwester wunderschön. Ihre Haut war weiß und matt glänzend wie die Perlenkette, die sie trug. Die honigfarbenen Schamhärchen wuchsen in symmetrischen Mustern aus diesem hübschen Hügelchen, das ich noch nicht hatte. Ihre Brüste bewegten sich unter ihrem Kleid wie zwei kleine scheue Tiere. Ich sah neben ihr aus wie ein Baumschatten, dunkelhäutig und mager, so fand ich, ein Hundekörper, keine Frau. Sie war meine Göttin. Ich sah ihr zu, wie sie sich kämmte, kratzte, sonnte, wälzte, wusch. Ich war stolz auf sie. Im Schwimmbad rettete sie mich manchmal vor anderen Kindern, die mich bespritzten, untertauchten oder quälten. Ich durfte sie nur im äußersten Fall um Hilfe bitten, denn sie haßte es, wenn ich ihr lästig war. Ich durfte nie bei ihr und ihren Freundinnen sein, weder im Schwimmbad noch auf dem Schulhof. Ich nahm das hin, ohne gekränkt zu sein. Ich wußte, wenn wir allein waren, dann war sie froh, mit mir zu reden. Ich konnte warten.

Als Kind habe ich meine Schwester bewundert und sie nachgemacht. Oft wollte ich ihr einfach nahe sein und drängte mich ihr auf. Sie haßte es, wenn ich so klebrig war. Ich durfte nicht mit in ihr Bett oder ihre Badewanne.

Ich fand meine Schwester so schön. Was ist geschehen, daß ich anfing, mich ihrer zu schämen?

Wann ist aus ihr eine Feindin geworden? Eine Bedrohung, ein ständiger Vorwurf, eine offene schwärende Stelle, aus der meine Energie sickert.

Ihre Asthmaanfälle nehmen mir die Luft zum Atmen, ihre Depressionen verdüstern meine Fröhlichkeit. Ich bin nie sicher vor ihr. Jede Minute kann sie anrufen und mich mit ihrem Elend überziehen wie mit Mehltau. Wenn ich mich im Leben durchschlage, heißt das gleichzeitig auch, ihr gelingt es nicht, sich durchzuschlagen. Sie hat solche Sehnsucht nach einem Leben, nach Zärtlichkeit, der Fülle, dem Abenteuer, nach Austausch. Wie kann ich all das für mich fordern und genießen, wenn sie gleichzeitig verhungert? Aber sie wehrt sich nicht. Sie wehrt sich nicht. Sie kämpft nicht. Sie hat aufgegeben. Schon lange. Sie liegt am Boden. Mich mit glitzernden bösen Augen anzuschauen – das schafft sie noch.

Wenn wir uns treffen, und wir treffen uns selten, steht dieser böse glitzernde Neid zwischen uns. Eine eisige Wand. Sie mustert mich. Nicht diskret, ganz offen. Sie mustert alles. Meine Kleider. Meine Haare. Meinen Lippenstift. Sie schnüffelt an mir. Sie sieht alles. Was sie sieht, gefällt ihr. Immer. Sie will es auch haben. Alles.

Wenn wir uns dann umarmen, zittert sie. Für Sekunden, an mich geschmiegt, wird sie wieder zu meiner Schwester, die mich liebt. Ich kann es spüren. Es tut mir weh. Ihr sicher auch.

Ihre Kinderstimme am Telefon, wenn es ihr schlechtgeht, verfolgt mich bis in den Schlaf. Ich habe sie aufgegeben und kann sie nicht aufgeben. Das grauenhafte Gefühl, als einzige zu wissen, was mit ihr passiert. Zusehen zu müssen, wie sie langsam untergeht. Bin ich wirklich die einzige? Ich glaube, ja. Meine Eltern begreifen nichts. Meine Mutter verdoppelt ihren Zuspruch und ihre Bevormundung. Meinem Vater ist sie unbequem, unerquicklich, das nimmt er ihr übel. Sie gibt ihm nicht, was er braucht. Sie funktioniert nicht in seiner Welt. Seine Forderungen prallen an ihr ab. Ich, ich funktioniere. Was ist mit ihrer Familie? Ihrem Mann? Ihren erwachsenen Söhnen? Ich weiß es nicht. Sie wollen nicht darüber sprechen mit mir. Ich glaube, sie halten mich heimlich, so wie meine Schwester selbst, für die eigentliche Verursacherin ihres Leids.

Es ist Abend, und ich liege vor dem Fernseher und sehe Nachrichten. Meine Schwester ruft an und weint. Sie sagt, sie sei allein und habe Angst und ich solle kommen. Ich frage sie, wovor sie Angst habe. Sie weint und sagt, vor allem, vor allem, vor allem, sie halte es nicht aus so allein, ich solle kommen. Ich kann nicht zu ihr. Ich bringe es nicht über mich. Ich will nicht. Ich schaffe es nicht. Ich rufe einen ihrer Söhne an und schicke ihn zu ihr. Ich bin traurig. Ich kann ihr Weinen nicht vergessen.

Ich sehe sie auftauchen neben dem Heustadel drunten am Hang. Ich höre sie weinen. Sie kommt aus der Dorfschule. Es ist Mittag. Sie taucht schon weinend neben dem Heustadel auf. Ich sehe ihren offenen Mund, ich kann sie hören. Es ist Sommer und der Himmel hart wie blaues Metall. Sie kommt den Berg herauf, laut weinend, durch die Wiese. Ich knie auf der Bank und schaue aus dem Fenster, sehe sie kommen. Ich weiß, daß die Dorfkinder sie wieder geärgert haben. Meine Mutter geht ihr entgegen und umarmt sie. Darüber bin ich froh. So wird alles gut. Aber es gibt Tage, an denen meine Mutter sagt: »Heultunte! Seekuh! Furchtbare Plärrerin!«, dann wird es nicht gut, und meine Schwester weint weiter, schlüpft oben in ihr Bett und weint weiter. Ich kann sie keuchen und würgen hören durch die Holzdecke. Ich traue mich nicht zu ihr hin, denn mich will sie nicht um sich haben, wenn sie so weint. Ihre hellen Augen blitzen böse. Sie will meine Mutter. Manchmal gibt meine Mutter ihr ein paar Ohrfeigen und sagt: »Damit du weißt, warum du weinst.« Auch ich kenne diesen Satz und den Klaps, der ihn begleitet. Das Weinen wird aber davon nicht besser. Im Gegenteil, es wird heftiger, mit Schluckauf und schrillen Schreien. Ich gehe, wenn ich kann, aus dem Haus und hinauf in den Wald. Meistens ist alles still, wenn ich zurückkehre, und wir essen zusammen Blaubeeren mit Milch.

Schlimm für mich ist, daß ich in ihr kein Gegenüber mehr habe. Sie ist keine Rivalin mehr, keine Gegnerin und auch keine Verbündete. Kein Beistand kommt von ihr und kein Verständnis. Wir haben nichts mehr gemeinsam. Die Kindheit, die Mädchenjahre, die Familienkriege, die Liebesgeschichten, die Kränkungen und Seligkeiten, all das ist nicht mehr abrufbar für mich. Sie hat all das tief versenkt oder sieht es in einem anderen Licht. Ich bin aus der kleinen Schwester längst zum Folterer herangewachsen, zu einem Monster. Unsere gemeinsame Geschichte ist eine Qual geworden für sie.

Noch schlimmer ist, daß ich sie nicht mehr erreichen kann. Sie sträubt sich gegen meine Versuche, sie mit meinen Worten aufzuspüren und zu beschwichtigen, sie zur Rückkehr zu bewegen, einer Rückkehr zu dem, was ich für die Wirklichkeit halte. Sie mißtraut mir. Sie mißtraut mir und meiner Redegewandtheit. Das sagt sie mir ganz verlegen. »So ist das eben«, sagt sie. Sie würde mir ja an sich gerne vertrauen, aber es gehe nicht.

Am schlimmsten ist für mich ihre Weigerung, eine erwachsene Frau zu sein. Sie lehnt jede Verantwortung ab, trotzt jeder Forderung nach normalem Verhalten. Sie wird nicht anrufen. Sie wird nicht zum Arzt gehen. Sie wird nicht zu Hause sein. Man kann nichts von ihr verlangen, ihr nichts glauben. Es macht mir angst, daß sie zum kleinen Mädchen geworden ist.

Ich hasse dieses verantwortungslose, kokette, verlegene, verschlagene kleine Mädchen. Es graut mir vor ihr. Ich versuche, ihr aus dem Weg zu gehen. Ich lasse mich nicht finden von ihr.

Meine Schwester will nie wissen, wie es mir geht, und auch mir kommt es schier unanständig vor, neben ihrer Raserei meine eigenen Schmerzen zu erwähnen. Trotzdem wünsche ich mir das, und ich kann nicht aufhören, es mir zu wünschen. Es macht mich traurig und trotzig. Ich werde auch zum Kind. Ich will mit dem Fuß aufstampfen und heulen. Natürlich sage ich kein Wort davon zu ihr. Später lache ich über mich, aber die Trauer bleibt.

Durch den Türschlitz, sie hat die Klappe von außen hochgehoben mit den Fingern, sehe ich direkt in die Augen der Frau, die vor der Tür steht. Blaue Augen. Ich stehe hinter der Tür und wage kaum zu atmen. Sie hat immer wieder geläutet, und ich habe nicht aufgemacht. Ich habe durch das halb verhängte Fenster zum Treppenhaus gesehen, daß sie dort steht. Sie hat Bündel und Taschen dabei. Ich will nicht aufmachen. Sie schaut mir in die Augen und sagt: »Mach auf. Laß mich rein. Ich weiß nicht, wo ich schlafen soll. Mach jetzt sofort auf! Los!« Ich sehe in ihre Augen und sage kein Wort.

Jemand hat mich gestern bei irgendeinem Picknick am Fluß gefragt, ob ich sie bei mir aufnehmen könnte, nur für ein paar Tage. Ich möchte so sein wie die anderen, so locker und so voller Liebe für alle Menschen. Ich habe ja gesagt. Jetzt fürchte ich mich vor ihr. Ich weiß vom letzten Mal, daß sie nicht mehr ausziehen wird. Beim letzten Mal war es ein Mann, ein Musiker. Ich mußte ihn aussperren, das Schloß austauschen. Eine Frau auszusperren ist schwieriger, das weiß sie. Was mache ich, wenn sie weint? Sich auf die Treppe setzt? Nicht weggeht? Hinter mir machen die Kinder Grimassen und kichern leise. Die Frau gefällt ihnen nicht. »Laß mich jetzt rein. Du gemeine Sau!« sagt sie und starrt mich an durch den Schlitz in der Tür. »Nein«, sage ich. Ich schlage mit der Faust die Klappe zu, um ihre Augen nicht mehr zu sehen. Ich setze mich an den Küchentisch und fange an zu zittern. Ich fühle mich elend. Die Kinder kommen und zotteln an meinen Haaren. Klettern auf meinen Schoß. Sie sind froh, daß ich »die da« nicht hereingelassen habe, aber ich fühle mich elend.

Die beiden Frauen sitzen an dem Marmortischchen und trinken Rotwein aus langstieligen Gläsern. Eine rundliche Frau mit vielen lockigen Haaren und eine zarte blasse Blonde. Ich sehe sie, beachte sie nicht weiter und zerteile meinen Fisch. Ich sitze allein. Heute abend bin ich angekommen. Als ich das Hotel betrat, habe ich gegenüber das Lokal entdeckt und mir versprochen, hier zu essen, später, nachdem ich ein paar Kleider auf Bügel gehängt und meine Tiegelchen auf dem Porzellanbrett vor dem Spiegel geordnet habe. Ich bin auf Lesereise. Immer muß ich mich beschwichtigen und trösten, wenn ich ein Hotelzimmer betrete, immer das klamme Gefühl, wenn ich das gemachte Bett sehe, das Tischchen, den Stuhl, den Fernseher. Ich kenne den Geruch des Schrankes, in dem ich nach Bügeln taste, den Geschmack der Schokolade, die auf dem Kissen liegt. Ich kenne die Griffe, mit denen ich das Kissen prüfe, an den Knöpfen des Radios drehe.

Die großen Städte ähneln sich mehr als die kleinen. Heute ist es eine große Stadt. Ich habe vergessen, welche. Ich muß nachsehen auf meinem Plan. Eine Stadt im Norden, eine Stadt, die ein Restaurant hat wie dieses, in dem ich jetzt sitze, mit Marmortischchen, Leuchtstoffröhren an der Decke und einer Chromtheke. Ich zerteile meinen Fisch, trinke Wein. Um mich her ein gedämpfter Chor von Stimmen, der mir angenehm ist und dem ich nicht zuhören muß. Alle Tische sind besetzt.

Am Tisch der beiden Frauen entsteht Unruhe. Das nehme ich aus den Augenwinkeln wahr. Ein paar rasche Bewegungen, der leise Knall von zerbrechendem Glas, Stuhlrücken, alles Geräusche, die eigentlich untergehen sollten in einem vollbesetzten Restaurant, und doch, eine kaum spürbare Welle der Beunruhigung erreicht mich. Und ein Seufzer, ein langgezogener schmerzlicher Seufzer. Die Frau mit den lockigen Haaren legt den Kopf auf den Tisch. Ich habe mich umgesehen bei diesem Laut, der anders klang als das Murmeln und Lachen um mich her. Die bleiche junge Frau neben ihr sieht erschrocken aus. Die Frau hat viele Haare, braun und glänzend, ihr Kopf liegt mit der Stirn an der Tischkante, und nun höre ich es deutlich: ein Winseln, ein kurzes zorniges Winseln. Die bleiche Frau streckt die Hand aus und berührt das lockige Haar der Frau. Es wird still. An den anderen Tischen haben die Leute aufgehört zu sprechen und zu essen, überraschte Gesichter, die sich aber gleich wieder über die Teller beugen. Jetzt sprechen alle auf einmal, und es ist lauter als vorher. Mit einem Aufheulen, bebend und langgezogen, hebt sich der braunlockige Kopf von der Tischkante und das bringt für einen Augenblick alle zum Schweigen. Wir alle sehen ihr Gesicht mit den geschlossenen Augen, dem offenen Mund. Die Kellnerin mit dem Tablett voller Gläser, in ihrer langen weißen Schürze, bleibt stehen zwischen den Tischen. Der junge Mann hinter der Theke, der in jeder erhobenen Hand eine Orange hält, zögert. Die bleiche

Nachbarin, nach einem unruhigen Blick in die Runde, nimmt ein Glas und streckt es der Frau entgegen. Die kann es nicht sehen, ihre Augen sind fest geschlossen. Sie schreit, den Mund breit und offen. Sie windet sich dabei auf ihrem Stuhl, als koste es sie große Mühe, so zu schreien. Dann sinkt ihr Kopf vornüber auf die Brust, sie schüttelt ihre Haare, sie hängen jetzt um ihr Gesicht. Sie wimmert durch die Nase. Alle sprechen wieder, keiner sieht zu ihr hin. Keiner will Zeuge dieser Entblößung werden. Die bleiche junge Frau ist aufgesprungen und schon an der Theke. Sie kommt mit der Kellnerin zurück, und beide beugen sich über die Frau. Die bemerkt es nicht, sie schreit, jetzt wieder atemlos, angestrengt und mit fest zusammengekniffenen Augen, die Hände zu Fäusten geballt. Leute stehen auf, Stühle fallen um. Zwei Frauen hocken sich links und rechts neben den Stuhl der Frau, fassen ihre Hände, ihren Kopf. Sie schüttelt sie ab. Die junge Freundin versucht, Wasser in den Mund der Frau zu gießen. Sie hält ihr Zuckerwürfel hin, halbherzig und ungeschickt. Sie sucht etwas in ihrer Tasche, die auf den Boden fällt. Die Frau schreit, Wasser perlt von ihrem Kinn, Zuckerwürfel springen auf dem Tisch umher wie Hagelkörner. Der Schrei, grell jetzt und unerträglich hoch, übertönt alles und hallt von den kahlen weißen Wänden. Ein Mann steht nun neben der Frau, er hat sie zu sich hingedreht, steht zwischen ihren Knien. Er drückt ihr Gesicht an sich, umarmt sie, versucht ihr den Mund zu schließen an seiner Jackenbrust. Wir alle hoffen auf ihn, aber wir hören sie immer noch schreien, leiser jetzt, halb erstickt, als atme sie kaum noch.

Da sind die Sanitäter. Drei junge Männer in Tennisschuhen und weißen Hosen, die fröhlich und geschickt eine kleine Bahre zwischen den Tischchen hindurch dirigieren wie einen Kajak durch Stromschnellen. Ich will nicht mehr hinschauen, ich will nicht sehen, wie sie die Frau auf die Bahre legen, habe Angst, sie wird sich fallen lassen, wird am Boden kriechen, sich wälzen. Ich habe Angst, man wird sie schlagen, treten, Blut wird aus ihrer Nase laufen, man wird sie knebeln, würgen, brutal gefügig machen. Ich weiß nicht, warum ich das befürchte, natürlich geschieht nichts davon. Schon liegt sie auf der Bahre, schon wird das Tuch über ihr festgezurrt, schon ist sie festgeschnallt. Sie öffnet die Augen weit und keucht, sie wird weggerollt. Sie schreit erneut, ein langgezogener kraftvoller Ton. Die Tür fällt hinter ihr zu.

Wir alle an unseren Tischen bleiben zurück. Wir schauen uns verstohlen in die Augen. Wir schämen uns, daß wir noch hier sind, daß wir wissen, wie man ein Weinglas zum Mund führt, wie man sich den Mund abtupft mit der Serviette, wie man Messer und Gabel hält.

An den frei gewordenen Tisch setzt sich ein junges Paar in Lederjacken. Sie stapeln Einkaufstüten auf die freien Stühle, und der junge Mann nimmt seine Sonnenbrille ab. Wir Übriggebliebenen beneiden die beiden. Sie haben nichts gesehen und nichts gehört. Sie lachen, und ihre jungen Köpfe mit den kurzen Haaren berühren sich fast über dem Tisch.

Ich bestelle einen Kaffee, die Kellnerin nimmt den Teller mit dem Fisch fort. Wir schauen uns an, sie und ich, aber wir sagen nichts. Wir alle werden nach Hause gehen müssen und diese Frau mit uns nehmen heute nacht.

Ich gehe nicht nach Hause, ich gehe in das Zimmer mit dem Bett und dem Tisch und dem Stuhl und dem Fernseher. Das Bett ist aufgeschlagen für mich.

Bei der Beerdigung meiner Mutter waren wir beide wie betäubt. Ich sehe meine Schwester, eine schwere unbewegliche Frau in einem schwarzen Mantel, zwischen den weinenden alten Frauen stehen mit unbeteiligtem Gesicht, fast sieht es so aus, als lächele sie. Ich, nur ich weiß, daß sie nicht unbeteiligt ist, sondern völlig erschöpft und daß sie so ein Gesicht macht, um nicht auch mitzuweinen. Andererseits weiß ich, denn wir haben uns einen Blick zugeworfen, daß sie an unsere alte Abneigung gegen Begräbnisse denkt. Damals, in unserer Welt, waren Begräbnisse scheinheilige Veranstaltungen der Erwachsenen. Wir beobachteten sie scharf und fanden heraus, daß keiner wirklich trauerte, sondern daß alle nur so taten und sich gegenseitig dabei beobachteten wie die Geier. Wir lachten heimlich hinter der Kirche, nachdem wir uns davongestohlen hatten. Wir machten das Geheul der Frauen nach, wackelten mit dem Kopf und zogen feierliche Grimassen wie die alten Männer. Damals fühlten wir uns sicher: wir waren jung, wir waren unsterblich. Wir hatten uns schon früh abgehärtet gegen den Tod. Nach der Schule gingen wir manchmal zur Aussegnungshalle des Friedhofs, der direkt neben der Straßenbahnstation lag. Dort waren offene Särge ausgestellt, in denen tote Menschen lagen. Meine Eltern hatten uns davor gewarnt. Man würde krank, sagten sie, wenn man sich tote Menschen ansähe, und die hätten auch nicht gerne, wenn man sie angafft. Das scherte uns nicht. »Das Schönste bis jetzt war das Baby mit den beiden blutigen Löchern in der Stirn«, sagte meine Schwester auf dem Heimweg, aber mir hatte der bleiche junge Mann mit den langen roten Haaren besser gefallen. Ich hielt ihn für einen Vampir.

Nun schaut meine Schwester zu mir herüber, und wir beide spüren für ein paar Minuten diese Welt in uns, unzerstörbar und für immer ein Teil von uns. Dabei sind wir längst Feindinnen, genauer – meine Schwester ist meine Feindin, und in dieser Nacht wird sie versuchen, mich umzubringen. Das Schlimme ist, daß sie nicht weiß, was sie da tut. Sie weiß auch nicht, was sie getan hat, als sie mir an diesem Abend nach dem Leichenschmaus erzählt, daß sie und meine Mutter sich immer einen schönen Tag gemacht haben, wenn Geld aus den Aktien kam, die mein Vater für mich gekauft hatte und die sie beide mitverwalteten. Sie sagt das ohne schlechtes Gewissen, lachend, als wäre es eine von Mamas kleinen lustigen Eigenheiten. Ich ziehe in dieser Zeit zwei Kinder allein groß und habe Geld dringend nötig. Ich brauche eine Weile, um zu verstehen, was sie mir da gesagt hat, und es ist spätabends, und ich bin erschöpft. Sie bittet mich inständig, bei ihr im Ehebett zu schlafen, und ich tue es. Sie hat ihren Mann ausquartiert. Ich habe kein Nachthemd, und sie leiht mir eines. Nachts werde ich krank, mir wird furchtbar schlecht, ich bekomme Fieber, muß mich übergeben, friere, schwitze. Am Morgen bin ich zu schwach aufzustehen. Noch nie in meinem Leben war ich zu schwach gewesen aufzustehen, nicht einmal, nachdem ich die Kinder geboren hatte. Nun stehen meine Kinder an meinem Bett und betrachten mich verwundert. Ich kann nicht mal Tee trinken. Später kommt meine Schwester, ganz höfliche Gastgeberin, und wundert sich, daß ich so schlecht geschlafen habe neben ihr. Sie hat tief geschlafen. Beiläufig sagt sie mir, daß sie mir das Hemd angezogen hat, in dem meine Mutter gestorben ist. Ich habe die ganze Nacht den fürchterlichen Geruch des Krankenzimmers in der Nase gehabt und mich für hysterisch gehalten. Das Hemd riecht nicht so. Es ist schon gewaschen. »Ich wollte, daß du es für mich entgiftest. Es ist so ein schönes teures Hemd.«

Jetzt schaut sie mich an wie eine übermütige Dreijährige, die etwas Unartiges getan hat, aber weiß, daß man ihr nicht böse sein kann. Sie wundert sich, als ich neben das Bett kotze.

Seit meine Mutter tot ist, kann meine Schwester nicht mehr allein sein, obwohl sie das muß. Ihr Mann arbeitet die ganze Woche in einer anderen Stadt, wenn er da ist, setzt sie sich mit einem kleinen Stuhl neben die Beete, auf denen er Gemüse anbaut, und schaut ihm zu.

Sie fährt jeden Abend zu einer angeheirateten Tante und setzt sich dort vor den Fernsehapparat. Sie verlangt Essen und Trinken wie ein Kind, und die Tante wirft sie schließlich hinaus.

Das alles erzählt sie mir am Telefon und ist entrüstet. Sie findet, die Tante muß sie aufnehmen, wenn sie nicht allein sein kann. Sie ist krank, und ich weiß nicht, was sie hat. Die Therapie nützt nichts. Ich höre nur, daß sie ihren Therapeuten liebt, und sie weint. »Er sieht aus wie ein kleines graues Kaninchen«, sagt sie. »So süß.« Ich denke, es ist gut, wenn sie ihn liebt. Er wird schon damit umgehen können, man nennt es Übertragung. Ich fühle mich überfordert und hilflos. Sie ruft an und weint, sie glaubt, daß ich in München mit meinem Vater zusammenwohne und daß wir uns verbündet haben gegen sie. Daß wir sie zerstören wollen. Sie will mir nichts lassen von Mamas Schmuck, und schon seit Jahren hat sie kontrolliert, ob meine Eltern mir Geld geben. Ich soll kein Geld bekommen, das läßt sie nicht zu. Nicht mal einkaufen soll ich dürfen in dem Laden, in dem man die Rechnung dann auf das Büro meines Vaters schreiben lassen kann. Ich will Farbkästen und Malblöcke für die Kinder kaufen. Sie will mir das nicht erlauben. Wir beschimpfen und prügeln uns, wir sind erwachsene Frauen. Früher war sie stärker als ich, als wir noch Kinder waren. Ich habe damals als einzige Waffe meine spitze Zunge gehabt. Die habe ich noch. Sie läßt von mir ab und weint. Sie hört nicht mehr auf. Ich muß sie trösten.

Sie ruft an und sagt, ich sei schuld an ihrem elenden Leben. Sie haßt mich, und sie findet, ich sei gemein zu ihr. Sie fährt weg mit dem Zug, irgendwohin, und sie ruft nachts an, weil sie nicht weiß, wo sie ist, und weil sie will, daß man sie abholt. Sie kauft sich Spielsachen und Anziehsachen für junge Mädchen. Sie kommt und besucht mich unangemeldet, trotzig, wie ein kleines Kind. Sie ißt, was ich ihr koche, und sitzt am Tisch und erzählt mir, wie es ihr geht. Es geht ihr schlecht. Sie hat Asthma. Sie schläft schlecht. Sie hat Ängste. Die Menschen sind böse zu ihr. Sie weiß nicht, warum. Sie arbeitet nicht und hat ihr gutes Auskommen. Ihre Söhne sind erwachsen, ihr Mann hat kochen gelernt, denn sie kocht nicht mehr. Sie kümmert sich nicht mehr um den Haushalt. Sie kümmert sich nicht mehr um meinen Vater. Sie macht Keramikkurse. Sie malt. Sie besucht eine Frau, die mit ihr russisch spricht. Aber sie ist nicht glücklich dabei. Sie ist verwirrt und traurig. Und so bleibt sie auch. Ich erreiche sie nicht, mit nichts.

Wenn ein neues Buch von mir erscheint, sagt sie mir, sie glaubt, das sei ihr Buch, das habe sie geschrieben. Sie sagt mir, daß sie in der Therapie herausgefunden hat, daß ich ihre Mutter bin. Sie habe in mir immer die Mutter gesehen. Meine Schwester ist krank, und ich weiß nicht, was sie hat. Ich habe zwei Kinder, ich arbeite, ich schreibe. Der depressive alte Vater hängt schwer an mir. Ich versuche zu überleben. Ich versuche, es allen recht zu machen.

Ich breche fast zusammen unter der Retterrolle, die ich mir angemaßt habe in meiner Familie. Noch immer aber halte ich an dem Glauben fest, daß meine Schwester wieder gesund werden wird. Ich glaube, dann wird sie mich verstehen und lieben können, so wie ich es mir wünsche.

Als ich sie zum letzten Mal sehe, erschrecke ich darüber, wie leblos sie mir erscheint. Zum ersten Mal verläßt mich meine Zuversicht, und als sie wieder fort ist, fühle ich eine große Hoffnungslosigkeit.

Sie kommt mit ihrem Mann zum Essen. Sie ist ungekämmt, und ihre Haare sind nicht nachgefärbt und struppig. Ihre Hand zittert so, daß sie kaum den Löffel halten kann. Sie spricht wenig und mit ihrer Kinderstimme. Genießt aber das Essen, lacht auch. Ich kämme sie, und sie läßt es sich gefallen. Willig, aber ohne Verständnis. Ich male ihre Lippen an. Ich putze an ihrem Pullover herum. Ich will sie gesund haben, ich will sie ordentlich haben. Sie macht mit, so gut sie kann.

In dieser Nacht habe ich einen Traum. Ich bin mit meiner Schwester in einem brennenden Haus, in einem fürchterlichen Zimmer, einer Folterkammer mit Blutlachen und Folterwerkzeugen. Wir wollen und müssen da hinaus. Wir sind Soldaten. Granaten explodieren, und Feuer prasselt auf uns herunter. Wir müssen kämpfen. Wir müssen da hinaus. Ich zerre an ihr und schreie. Ich schaffe es nicht, sie zu bewegen. Ich laufe los. Ich rette mich, und sie, sie lasse ich zurück in diesem schrecklichen Zimmer. Ich rette mich und lasse sie dort zurück.

Als ich aufwache, weine ich lange. Ich weiß, daß sie nicht mehr wirklich am Leben war, als sie da so vor mir saß im Gang und ich sie gekämmt habe und an ihr herumgeputzt. Sie ist schon auf der Reise in ihren Tod.

In der U-Bahn beobachte ich die Leute um mich herum und stelle mir vor, wo sie leben und wie sie leben. Ich sehe ihre Wohnungseinrichtung, ihre Katze, ihre Geschwister, ihre Arbeitskollegen. Ich will das nicht. Ich kann nicht anders, als in das Elend eines fremden Lebens einzutauchen. Ein Leben, das sich mir zeigt, bereitwillig in einer Folge von Bildern, die mich überfallen. Ich kann mich nicht wehren. Ich muß da hinein und mit.

Die fröhlichen, die schönen, die lachenden Menschen, die zufriedenen, die mit sich beschäftigten und in sich geborgenen schließen mich aus, und ich bin erleichtert. Aber ich finde immer die anderen. Ich erkenne sie sofort. Es ist, als sendeten sie mir eine Botschaft, und die müßte ich empfangen, als wäre sie nur für mich bestimmt. Die Botschaft heißt, es geht uns schlecht. Wir leiden. Und ich, ich schaue ihnen dabei zu. Ich leide nicht. Das ist ungerecht und grausam. Es ist nur angemessen, daß ich mitfühlen muß. Das ist alles, was ich tun kann.

Im Restaurant beobachte ich fremde Familien, wie sie zusammen essen. Ich beobachte sie mit den Augen eines Detektivs. Ich sehe, wie die Mutter die Tochter unterdrückt, ich sehe, wie die Tochter den Sohn lächerlich macht, ich sehe, wie der Vater die Mutter machen läßt und umsonst versucht, sich mit dem Sohn zu verbünden. Das alles findet lautlos und nur in kleinen Gesten und winzigen Andeutungen statt, in einer Stimmlage, in einem Blick, einem Moment des Schweigens. Es tobt ein stiller verbissener Krieg an diesem Tisch. Nach außen sind es vier nette gutaussehende Menschen beim Entenbraten. Aber ich, ich kann sie nicht einfach so sitzen lassen, bei ihrem Entenbraten. Ich bin Zeugin ihres Kampfes.

Es gibt ein paar mir vertraute Familien, die ich nicht mehr besuchen kann, weil ich nicht aushalte, was wortlos zwischen ihnen geschieht. Ich kann bestimmte Wohnungen nicht mehr betreten, weil die Wände das Elend aufgesaugt haben, das sich täglich zwischen ihnen abspielt, jeder Gegenstand ist davon vergiftet. Manchmal überfallen mich Phantasien, in denen diese Menschen, die so gesittet und harmlos in ihren Sofas sitzen, aufeinander losgehen. Ich sehe, wie sie sich gegenseitig würgen und schlagen, wie sie die Zähne entblößen und Geifer von ihren Lippen spritzt. Auch Blut sehe ich spritzen, gegen die weißen Wände, und höre Knochen brechen und das Geröchel von jemandem, dem die Luft ausgeht. Ich weiß, diese fürchterlichen Bilder kommen aus meinem Kopf, aber es nützt nichts, ich kann sie nicht vertreiben.

Ich ertrage es nicht, in diesen Wohnzimmern zu sitzen. Ich möchte immer eingreifen. Ich weiß längst, daß es müßig ist, das zu versuchen. Ich bin hilflos und nutzlos, und das schmerzt mich mehr als alles andere. Die Not der erschöpften jungen Frau, die mir im Zug gegenübersitzt, mit diesem mageren Mann, der weint hinter seiner Brille und ihr immer wieder die Hand aufs

Knie legen will, verfolgt mich bis in die Nacht. Die alte Frau, die auf dem Boden sitzt im Kaufhausklo, mit Hut und Mantel, mit Tasche und Schirm, und die nicht aufstehen kann und sagt, daß sie sich so schrecklich schämt deswegen und daß sie keinen Notarzt will, und ich soll endlich weggehen. Was soll ich denn tun? Soll ich sie tragen? Soll ich sie zwingen? Soll ich sie mit nach Hause nehmen?

Ich selbst habe immer zuwenig Geld und zuwenig Zeit. Ich arbeite von morgens bis abends, und in der Nacht liege ich wach, weil ich mir Sorgen mache, und ich habe ständig Kreuzschmerzen und Angst, ich könnte die Miete nicht zahlen, die Steuer, die Zahnspangen, die Ferienreise der Kinder. Dennoch halte ich mich für glücklich und gesund. Ich halte mich für einen glücklichen Menschen.

In Surabaya wohne ich in einem wunderbaren Hotel, einem gläsernen Turm mit kupfergold getönten Scheiben. Man kann sich die ganze Nacht zu essen bestellen und zu trinken, das Bad ist mit Marmor getäfelt. Das Bett, so groß wie für vier Leute, Blumen liegen auf dem Kissen und vor dem Spiegel. Ich habe Lesungen, zu denen ich abgeholt werde mit einem großen klimatisierten Auto. Das Mädchen, das mir den Tee serviert in der Hotelhalle, kniet nieder und verneigt sich lächelnd, ehe sie mir einschenkt.

Aus der goldgetönten Fensterwand meines Hotelzimmers schaue ich hinunter in einen Slum. Ich sehe abgemagerte alte Menschen bewegungslos auf dem staubigen Boden liegen, in der schrecklichen Sonne. Hunde riechen an ihnen. Ich sehe nackte Kinder in den Pfützen herumrennen, zwischen den Abfallbergen. Ich sehe Leute, die auf allen vieren kriechen. Ich sehe ganze Familien sich in einer großen Pappschachtel zusammenklumpen, wenn es dämmert. Ich sehe, wie sich Leute schlagen und verfolgen. Es ist, als schaute ich von da oben aus meinem Fenster hinunter in die Hölle.

Am Mittag, als ich aus dem kleinen Park komme, in dem sich Hochzeitspaare fotografieren lassen zwischen steinernen Fabeltieren, kommt ein schlaksiger junger Mann sehr eilig über die Straße auf mich zu, als wollte er mich etwas fragen. Er hält ein Messer an meine Brust und greift nach meiner Tasche. In der Tasche ist nichts Wichtiges, ein wenig Geld, trotzdem schreie ich. Er sticht nach mir mit dem Messer, ich fühle es wie einen heftigen Stoß gegen meine Seite. Er ist jung, vielleicht siebzehn, picklig und in Todesangst. Ich sehe seine Augen dicht vor mir. Er schaut mich an. Wir schauen uns in die Augen. Ich rieche ihn. Er schwitzt. Er schneidet den Lederriemen meiner Tasche durch und springt auf ein Mofa, das auf ihn gewartet hat. Ich spüre keinen Schmerz, nur Blut, das warm an meinen Rippen herunterläuft. Niemand schaut zu mir her. Die Hochzeitsgesellschaft, die vielen Menschen in ihren schönen seidenen Kostümen, verteilt sich auf mehrere Taxis. Man sieht mich nicht. Alle haben sich abgewandt, und ich fürchte mich vor ihnen allen. Ich weiß nicht mehr, wie mein Hotel heißt und wo es ist.

Natürlich gehe ich nicht zur Polizei. Der indonesische Dichter und Professor, bei dessen Familie ich am Abend zuvor einen großen goldenen Fisch gegessen habe und den ich anrufe, nachdem mich der chinesische Arzt versorgt hat, sagt mir, daß die Polizei eine heimliche Bürgerwehr hat, die solche Diebe und kleinen Ganoven umbringt, wenn sie sie erwischt. Sie legen die Leichen dann morgens auf die Straße, in Plastikfolie verpackt mit einem angehefteten Schild, auf dem steht: »Ich bin ein Dieb.«

Ich habe – und auch dafür schäme ich mich – dem Jungen schon verziehen. Ich sehe mich mit seinen Augen: Ein großer, plumper, gutgenährter, weißhäutiger Elefant, der so viel besser lebt als seine Leute. Ein so viel glücklicheres Geschöpf, das nichts abgeben will von dem, was es hat. Meistens gibt es eine Strafe, wenn es mir zu gut geht, eigentlich immer. Und wenn die Welt nicht dafür sorgt, sorge ich selbst dafür. Aber das weiß ich erst heute.

Meine Schwester besucht einen Kurs bei einer Keramikerin und formt alle möglichen Tiere und Schüsseln und Krüge. Am liebsten macht sie Katzen, lebensgroße Katzen, die einfach dahocken oder daliegen, schwer wie aus Eisen. Im Tierkosmos meiner Familie ist mein Vater die Katze, und sie nennt ihn auch so.

Eine der Katzen, eine große blaue, sitzt auf seiner Gartenmauer. Mein Vater sagt mir, daß meine Schwester ihn gezwungen habe, sie ihr abzukaufen und dort aufzustellen. Sie gefalle ihm nicht, sagt er. Er schaut mir ins Gesicht, während er das sagt, und kommt nicht auf die Idee, daß ich etwas anderes empfinden könnte als Mitgefühl mit ihm, dem diese häßliche Katze aufgezwungen worden ist. Sie gefällt mir auch nicht. Ich kann es nicht zugeben. Ich fühle ein so schmerzliches Mitleid mit meiner Schwester, weil sie das hat tun müssen. Ich schäme mich für sie und hasse mich dafür, und ich schäme mich meines Vaters und seiner Kälte.

Mir schenkt sie einen schweren weißen Topf mit Deckel und Henkeln. Ich pflanze Geranien hinein. Sie fragt mich am Telefon nach dem Topf, will genau wissen, wo er steht. Sie schenkt mir eine Pastellkreidezeichnung. Sie sagt mir, sie habe lange überlegt, welche sie mir schenken solle. Ich mag die Zeichnung. Ich hänge sie an meine Wand, und wenn ich auf dem Sofa liege, schaue ich sie oft lange an. Es ist eine Wüstenlandschaft, in der

Menschen in gefleckten Anzügen und Helmen herumkriechen oder herumliegen. Im Vordergrund nimmt ein Profil das halbe Blatt ein. Ein Gesicht mit Helm, vielleicht ein Mann, vielleicht eine Frau, unter einem kobaltblauen Schleier. Es ist Golfkrieg.

Ich frage sie, was das Bild bedeute, und sie sagt mir, das wisse sie nicht, so sei es zu ihr gekommen, so habe sie es gezeichnet. Ich frage sie, warum sie gerade dieses für mich ausgewählt habe. Sie zeichnet sonst immer Stilleben mit Früchten und Blumen. Tiere und Vögel. Sie sagt: »Du verstehst es.«

Als Kind hatte meine Schwester sehr schöne Zeichnungen gemacht. Ich war es, die Tiere formte aus Lehm und Wachs. Sie bemalte Porzellan und Papiermaché, Dosen und Tabletts.

Meine Mutter las uns Geschichten aus einer kleinen flämischen Stadt vor, die Lier hieß. Pastellfarbene Giebelhäuser an Kanälen. Wir bauten diese Stadt aus Papier, mit Springbrunnen, Brücken und schön gemalten Gasthausschildern. Wir formten Straßen, schnitten Bäume für Parks aus, gaben den Kanälen mit blauem Farbstift ein Wellenmuster, klebten Segelschiffe und Ruderboote, die auf den Kanälen fuhren. Es gab Straßenlampen, Madonnenstatuen auf Säulen, Schildwachenhäuschen, Marktstände, all das schnitten wir aus Papier aus und bemalten es. Und natürlich gab es Menschen, Hunde und Tauben, Schwäne und Enten. Oft spielten wir viele Tage lang mit dieser Stadt, die wir auf einem großen Tisch in unserem gemeinsamen Zimmer aufgebaut hatten. Wir schnitten kleine Türchen und Fensterflügel in die Häuser. Wir ließen die Menschen herauskommen und wieder verschwinden. Mit einer alten Nachttischlampe ließen wir es Tag und Nacht werden, Morgen und Abend. Wir waren die Götter dieser kleinen Stadt. Wir dachten uns Geschichten aus für unsere Geschöpfe. Wie ließen sie streiten und heiraten, wir ließen sie krank werden und sterben, und dann beerdigten wir sie unter kleinen Kreuzen, die wir mit Goldfarbe angestrichen hatten.

Dieses Gefühl der Allmacht über eine ganze Welt habe ich nie vergessen und später für mich wiedererkannt im Schreiben.

Irgendwann hörte meine Schwester auf, ihre schweren Keramiken zu machen. Sie hörte auch auf, Blumen zu zeichnen. Ich fragte sie danach, und sie antwortete mir, daß sie nicht wisse, warum. »Ich habe keine Kraft mehr«, sagte sie. Ich wollte das nicht glauben. Ich wollte glauben, daß es sie glücklich machte, zu zeichnen und zu modellieren. Ich wollte einfach glauben, daß alles gut werden würde. Das habe ich immer glauben wollen, und das hat mich blind gemacht für vieles, was ich vielleicht hätte sehen müssen.

Im Halbschlaf sehe ich mich heute morgen, ganz jung, in einem rotgeringelten Pullover, einem Jeanslatzrock, weißen Mokassins, meinem Lieblingsoutfit. Ich bin etwa achtzehn, habe kurze Haare und ein Kettchen um den Fuß. Ich stehe vor dem Spiegel und betrachte mich. Ich sehe unschuldig aus, finde ich, lausbübisch mit den kurzen Haaren. Dabei habe ich Angst, schwanger zu sein. Niemand darf es wissen.

Lange Zeit waren meine Schwester und ich gleich angezogen, weil uns immer die gleichen Kleider gefielen. Mein Vater, der nicht wollte, daß wir wie meine Mutter würden, die sich seiner Meinung nach nicht anziehen konnte, fuhr mit uns bis ans Ende der Stadt, wo Frau Suck wohnte, die Witwe, die in der Küche an der Nähmaschine Kleider für uns nähte. Ich liebte diese Ausflüge. Ich liebte meinen Vater dafür, daß er sich die Zeit nahm. Und er tat es gerne, schaute mit uns die Modehefte an und beriet sich ernsthaft mit uns über Stoff, Paßform und Schick. Ich liebte diese Kleider, die ich selbst aus der Illustrierten aussuchte. Sie saßen nicht immer, aber was bedeutete das? Ich erinnere mich an eins in rosa-weiß gestreiftem Piqué – das war ein Stoff der damals modern war – mit eingeprägter Noppenmaserung. Wir fuhren in diesen Kleidern meinen Onkel in Südfrankreich besuchen, und unsere Tante sagte später, wir hätten ausgesehen wie Pfefferminzstangen, und das ganze provenzalische Dorf hätte davon gesprochen.

Als ich ins Internat kam, änderte sich alles. Ich wollte andere Kleider, und ich zeichnete sie auf, um sie genau so nähen zu lassen. Ich wollte so angezogen sein wie meine Freundinnen. Es gab dort eine Schneiderin, sie war fromm und alt und weigerte sich, zu tiefe Ausschnitte und zu kurze Röcke zu nähen. Manchmal fuhren wir mit unserer Gruppenmutter nach Nürnberg und kauften ein. Zu Hause wollte meine Schwester die gleichen Sachen haben wie ich und ließ sie sich nachmachen. Mich ärgerte das, aber ich konnte nichts dagegen tun. Meine Mutter sagte mir, ich sei ein kleinlicher Mensch und solle mich schämen. Solange sie lebte, hat meine Schwester auf mich gestarrt und gefunden, daß ich es besser hätte als sie. Dann, in den letzten zwanzig Jahren ihres Lebens, als sie immer kränker wurde, interessierte sie sich nicht mehr für andere Menschen. Ihr eigenes Unglücklichsein brauchte alle Energien auf.

Meinen Vater, der sich nach dem Tod meiner Mutter an uns klammerte und sich oft deprimiert und allein fühlte, konnte sie nicht mehr ertragen. Sie weigerte sich sogar, von ihm zu sprechen. Sie hat ihn weder im Krankenhaus besucht, ehe er starb, noch sich um seine Beerdigung gekümmert. Er hat bis zum letzten Atemzug bei mir geklagt, daß sie sich von ihm abgewandt habe. Dabei konnte ich sie verstehen. Ich versuchte ihm zu erklären, was in ihr vor sich gehe. Dafür hatte er keine Ohren. Immer wieder beschleicht mich das Gefühl, ich hätte, solange ich denken kann, wie ein besessener Dolmetscher versucht, zwischen einem Familienmitglied und dem anderen zu vermitteln, ohne Erfolg.

Alles, was mein kranker Vater brauchte, mußte ich allein machen. Das war für mich kaum zu schaffen und zu ertragen, und noch heute glaube ich, daß die Vorhölle möbliert ist wie diese Tage, in denen ich am Morgen im Zug zu meinem Vater fuhr, um ihn zu füttern und ihm gut zuzureden. Es war Sommer und heiß, und am Bahnhof kaufte ich manchmal noch rasch einen Blumenstrauß.

Alle möglichen Leute rufen mich an und sagen, jemand müsse sich um meine Schwester kümmern.

Einer hat sie gesehen, wie sie weinend die Straße entlanglief, blind und schluchzend.

Eine alte Freundin meines Vaters ruft an und sagt, meine Schwester würde meinen Vater noch ins Grab bringen mit ihrer Kälte und Lieblosigkeit. Ich solle ihr ins Gewissen reden, ehe es zu spät sei.

Eine Verwandte, die mit meiner Schwester telefoniert hat, ruft mitten in der Nacht an, aus Sorge um meine Schwester. Sie sei so seltsam gewesen am Telefon, vielleicht sei irgend etwas nicht in Ordnung.

Meine Schwester lacht darüber am Telefon. Sie sagt mir, daß sie schon morgens den Fernseher anmache, zur Gesellschaft, sie will mit mir über eine Sendung am frühen Morgen sprechen, und wundert sich, daß ich sie nicht gesehen habe. Sie fragt mich, was ich denn tue am Morgen. Sie sagt mir, daß sie manchmal nicht aufstehen könne und einfach im Bett liegenbleibe. Einmal sagt sie, sie könne nicht mehr lesen, sie wolle keine Bücher mehr lesen, dann ruft sie an und fragt mich, was sie lesen solle, und freut sich, wenn ich ihr Bücher schicke.

Ich will sie sehen. Nach den Krankenbesuchen bei meinem Vater fahre ich zu ihr, aber sie ist nie zu Hause, wenn ich komme. »Sie ist bei der Nachbarin«, sagt ihr Mann und macht uns Pfannkuchen. Sie will mich nicht sehen. Ich glaube, sie will nichts hören über unseren kranken Vater. Schon gar keine Vorwürfe. Sie will einfach nichts zu tun haben mit der Familie, den Hinterbliebenen der alten Familie, mit mir oder meinem Vater.

Sie ruft mich an und sagt mir, es gehe ihr so schlecht. Ihre Stimme so dünn und brüchig. Sie halte es nicht mehr aus. »Soll ich kommen?« sage ich – angstvoll, daß sie mich beim Wort nimmt. Aber sie lacht nur ein bißchen über mich. »Das würde nichts nützen«, sagt sie. »Außerdem kommen heute abend Leute zum Essen.« – »Was gibt es zu essen?« frage ich erleichtert. »Er kocht«, sagt meine Schwester. »Er kocht so gut, aber ich weiß nicht, ob ich es schaffe zu bleiben. Vielleicht gehe ich nachher zur Nachbarin.«

Jemand ruft an und sagt, er habe meine Schwester getroffen und er sei erschüttert, wie alt sie geworden sei, wie hinfällig sie aussehe, wie abwesend sie wirke, sogar ihre Stimme habe sich verändert.

Ich wache nachts auf und weine. Ich weine, weil ich zu schwach bin, meiner Schwester zu helfen. Ich weine auch vor Wut. Ich hasse sie, weil sie mir Schuldgefühle macht. Sie drängt sich sogar in meine Gedanken, wenn ich nachts aufwache, an einen Mann geschmiegt und in der freundlichen Tierwärme seines Körpers geborgen. Sie fällt mir ein, wenn ich vor dem Fischladen am Markt sitze und einen Teller Krabben esse. Ich sitze dort in der Morgensonne, müde und glücklich, weil ich die ganze Nacht geschrieben habe und glaube, daß ich etwas Gutes geschrieben habe.

Ich soll ihr keine Bücher mehr schicken, sagt sie am Telefon, sie könne nichts mehr lesen. Nein, auch keine Krimis, nichts. Sie könne auch nicht mehr ins Kino gehen. Nein, sie habe auch keine Lust auf Kino. Fernsehen ja, sie würde fernsehen, aber oft ohne Ton, einfach den Bildern zuschauen und dabei ihre Gedanken schweifen lassen. Sie will mir nicht sagen, woran sie da denken muß, da vor den sprachlosen Bildern.

Wir sind immer so gerne zusammen ins Kino gegangen. Meine Mutter erlaubte es uns lange nicht. Sie wollte nicht, daß unsere eigene Phantasie eingeschränkt wurde von fremden Bildern, sagte sie. Sie verbot uns auch, solange ihr das gelang, Jungmädchenbücher zu lesen, und sie haßte Comics, von denen sie glaubte, sie würden unser Zeichentalent zerstören. In Alpbach hatte sie uns aus der Odyssee vorgelesen, und wir hatten Zeichnungen dazu gemacht. Meine Schwester zeichnete die Helden, Achill, Hektor und Patroklos, ich liebte es, die grausigen Sachen zu zeichnen. Ich zeichnete Skylla und Charybdis. Die Sirenen, die jeden Seefahrer auffressen, der, von ihrem süßen Gesang angelockt, am Strand ihrer Insel landet. Ich gab ihnen einen großen Suppentopf.

Natürlich lasen wir beide, sobald wir Gelegenheit dazu hatten, »Heidi«, »Trotzkopf« und »Hanni und Nanni«. Und ins Kino gingen wir immerzu. Wir schwänzten dafür die Klavierstunde, die Turnstunde. Wir logen.

Meinen ersten Film sah ich zusammen mit meiner Schwester, als ich neun Jahre alt war. »La belle et la bête« von Cocteau. Meine Mutter hatte uns diesen Film erlaubt, weil sie Cocteau schätzte. Ich habe ihn nie vergessen. Ich war so verliebt in den großen traurigen Katzenmann mit den rauchenden Pfoten, und ich war empört, als er sich zum Schluß in einen Prinzen verwandelte, der in steifer Pose mit der Prinzessin in den Himmel hinaufflog. Meiner Schwester gefiel der Prinz besser. Im Bett, im Dunkeln, flüsterten wir die halbe Nacht. Wir schwärmten beide für Gérard Phillipe und Laurence Olivier. Noch in ihren Briefen nach Mexiko hat meine Schwester manchmal davon erzählt, welche Filme sie gesehen hatte.

Ich lese nicht mehr, sagt sie am Telefon, und ich bin so beunruhigt, als habe sie gesagt, sie nehme ihre Medizin nicht mehr.

Einmal, vor ein paar Jahren noch, hat sie mich angerufen und mir gesagt, daß in der Tschechow-Erzählung »Der Literaturlehrer« der Held davon träumt, seiner geliebten Mascha einen Brief zu schreiben, in dem er sie »meine liebste Ratte« nennt. So und nicht anders, denkt er, will er sie nennen, und schläft lächelnd ein.

Sie liest mir die Stelle vor am Telefon. Tschechow selbst habe seine Frau in den Briefen immer als »mein lieber Hund« angesprochen, sagt sie. Wir beide lieben Tschechow. Sie sagt mir, sie glaubt, sie habe Russisch studiert, um Tschechow im Original zu lesen.

Wir sprechen von unseren Kinderbüchern »Die Reise des kleinen Nils Holgerson«, »Winnie the Pooh« und

»Der Wind in den Weiden«. Wir zitieren Sätze aus den Büchern und unterbrechen uns lachend. Sie sagt: »Keine Familie ist wie unsere Familie.« Ich sage, ich hätte gelesen, daß Churchills Familie sich mit Tiernamen ansprach und daß sie am Telefon die jeweiligen Tierstimmen nachahmten, um sich untereinander zu begrüßen.

Wir haben gelacht darüber.

Mein Vater sitzt auf dem Rand des Krankenhausbettes. Er hat ein kurzes Hemdchen an, und seine weißen Haare stehen ab wie bei der Koboldpuppe, die ich einmal zu Weihnachten bekommen habe als Kind. Die Operation ist gutgegangen, hat der Arzt gesagt. Ein durchsichtiger Schlauch steckt im Penis meines Vaters, er hebt das Hemdchen und zeigt ihn mir. Der Schlauch führt zu einem kleinen Kissen, das an einem fahrbaren Gestell festgemacht ist. Wir schieben dieses Gestell vor uns her, wenn wir auf dem Gang spazierengehen. Vorher ziehe ich ihm die Socken an, die Schuhe, vorher füttere ich ihn. Er ist fröhlich, lacht. »Bin wieder do, bin wieder do!« ruft er. Ich glaube, er ist in diesem Moment vielleicht dreijährig, nicht mehr, und ich streichle seinen Kopf. Später wird er erwachsener und immer trauriger. »Du kommst nie«, sagt er. »Deine Schwester ruft nicht an und kommt nie«, sagt er. Ich komme jeden Tag, meine Schwester kommt nie. Sie ruft auch nie an. »Ich will ihn nicht sprechen, ich will ihn nicht sehen«, sagt sie am Telefon. Als mein Vater stirbt, kann sie es nicht glauben. Selbst seine Beerdigung ändert daran nichts. Sie glaubt, ich machte ihr das vor. Sie glaubt, ich hätte ihn bei mir in der Wohnung versteckt und lebte dort glücklich mit ihm.

Mein Vater kann nicht mehr allein leben. Er will nicht, daß fremde Leute bei ihm einziehen, die sich um ihn kümmern. »Du ziehst zu mir. Du wohnst bei mir«, sagt er, wieder dreijährig, und Tränen stehen in seinen Augen. Ich suche und finde ein Paar, das bei ihm in dem großen Haus wohnen kann. Er will es nicht, wieder erwachsen geworden, sagt er: »Ich will keine fremden Leute in meinem Haus. Niemals! Hast du verstanden? Deine Schwester soll mich pflegen. Sie hat nichts zu tun.«

Immer ruft er mich an und sagt: »Du kommst nie, und wo ist deine Schwester?« Er hat mich auch früher oft angerufen in all den Jahren nach dem Tod meiner Mutter. Nachts, er konnte nicht schlafen. Er hatte Angst. Angst vor Krankheit, vor Schmerzen, vor Armut, vor Wahnsinn, davor, allein zu sein.

In den ersten Jahren nach dem Tod meiner Mutter lud meine Schwester ihn einmal in der Woche zum Essen ein, und einmal in der Woche reiste er zu mir, und ich kochte ihm, was er gerne mochte. Er war dann immer fröhlich und dankbar und machte eine kleine Schlafpause in meinem Bett. Am Wochenende besuchte ich ihn manchmal. Er haßte die Wochenenden allein. Zu Weihnachten nahmen wir ihn abwechselnd, bis er nicht mehr zu meiner Schwester wollte. Er dürfe sie nicht kränken, sagte er mir, aber sie war froh, ihn zu mir zu schicken. Ich verbot ihm, sich über meine Schwester zu beschweren. Später lud sie ihn gar nicht mehr ein, aber sie rief bei ihm an und klagte über ihre Ängste. Sie rief bei mir an und klagte über ihre Ängste und seine Verständnislosigkeit. Er wollte sie nicht verstehen. Er konnte sie nicht verstehen. Ich verstand alles. Ihn und sie. Ich war der Superman der Familie. Ich habe mir diesen magischen rotblauen Anzug angezogen. Ich brauche mich nicht zu beschweren.

Als mein Vater aus dem Krankenhaus entlassen wurde, konnte ich ihn nicht abholen, weil ich keine Zeit hatte. Er aber wollte keinen Tag warten. Eine seiner früheren Geliebten, die mir geholfen hatte bei der Suche nach Pflegern, brachte ihn nach Hause. Er wollte, daß ich käme und ihm etwas kochte. Er sagte das am Telefon dringlich. Immer wieder. Er ließ sogar seine Freundin anrufen. Sie beschwor mich zu kommen. Seinetwegen, sagte sie. Das alles machte mich trotzig. Ich konnte nicht und ich wollte nicht zu ihm reisen. Ich wollte am nächsten Tag kommen und etwas für ihn kochen, das Sonntagsessen. Ich hatte schon das Fleisch gekauft und Curry. In dieser ersten Nacht zu Hause starb er. Ich glaube, er wollte sterben und wußte, daß er sterben würde. Er hinterließ einen Brief an seine große Liebe. Der Mann meiner Schwester fand ihn am Morgen, als er nach ihm sehen wollte.

Meine Schwester wollte nichts hören von seinem Tod.

Es ist tiefer Winter, und draußen stemmt sich der Wind gegen das Holzhaus, daß es knackt und knistert. Meine Schwester und ich sitzen beide auf zwei braunglasierten Schmalztöpfen, das sind unsere Nachttöpfe. Wir haben schon unsere Nachthemden an und haben schon unsere Zähne geputzt, und wieder ist es Winter, als wären die schlimmen Sachen immer im Winter passiert und in diesem Bauernhäuschen oben am Berg im tiefen Schnee.

Meine Mutter geht vor uns auf und ab wie eine Schildwache und macht uns angst. Sie ist unglücklich. Sie ringt die Hände. Wir sind schuld. Meine Schwester ist schuld. Die Macht meiner Mutter ist im ganzen Zimmer zu spüren. Sie füllt die Luft und nimmt uns den Atem. Alle Gegenstände gehorchen nur ihr, alles, was wir zum Leben brauchen, gehört ihr. Sie kann uns sterben lassen, verhungern, erfrieren. Sie kann uns auch mit Worten töten oder mit ihrem Schweigen. Ihre Macht ist grenzenlos. Meine Schwester hat sie verletzt. Meine Mutter ringt die Hände, sie weint laut. Ein Weltuntergang bahnt sich an. Wir zittern beide, trauen uns nicht aufzustehen. »Zeig deine Hände.« Und meine Schwester zeigt ihre Hände und die abgenagten Nägel. Ich finde das nicht schlimm, aber meine Mutter ist außer sich vor Verzweiflung. »Wieder!« schreit sie fassungslos. »Wieder!«

Sie sagt, ganz leise nun, meine Schwester könne nicht bei uns bleiben. Sie sagt, sie müsse in ein Haus, in dem man ihr das abgewöhnt, ein Haus in der Stadt. Meine Mutter habe alles versucht, nun müsse sie in dieses Haus zu strengen Leuten, die kurzen Prozeß mit ihr machen. Jetzt heulen wir beide so laut, daß meine Mutter schreien muß, um von uns gehört zu werden. Sie setzt sich an den Tisch und schreibt einen Brief an die Leute in diesem Haus. Morgen werde ich, wenn ich Milch holen gehe, den Brief zu den Bauern tragen, und die bringen ihn dann ins Dorf.

Am nächsten Morgen gibt sie mir den Brief, und ich gehe los durch den hohen Schnee mit der blauemaillierten Milchkanne und dem Brief in meiner Jacke. Ich darf das noch nicht lange, Milch holen, und bin sehr stolz darauf, daß ich allein gehe. Ich bin etwa vier Jahre alt. Meine Schwester geht schon ins Tal hinunter zur Schule. Auf meinem Weg im hohen Schnee mit der Kanne durch die Schlucht zerreiße ich den Brief und verstecke die Fetzen unter einem schwarzen Wurzelballen am Weg. Ich habe beschlossen, meine Schwester zu retten.

Und das habe ich von da an immer versucht. Vielleicht hat ihr das alles in Wirklichkeit geschadet. Heute betrachte ich alles, was ich unternommen habe, mit Verwirrung und Trauer. Ich habe für sie Ärzte und Therapeuten gesucht und gefunden, die nichts taugten, und ich habe sie überredet, zu ihnen zu gehen. Ich habe Männer für sie gefunden, auf jedem Tanzvergnügen, auf dem wir waren, Männer, die nichts taugten. Ich habe quälende Gespräche mit meinen Eltern geführt, um meine Schwester zu schützen, habe immer wieder versucht, ihnen zu erklären, was in ihr vorging. Ich war jahrelang wie ein großes Ohr, zu jeder Tages- und Nachtzeit bereit, mir ihre Sorgen anzuhören. Sie hat mich gehaßt dafür. Ich habe sogar versucht, ihre Söhne zu bemuttern. Ich habe an ihren Ehesorgen teilgenommen, als wäre ich der Dritte im Bunde. Ich war immer auf ihrer Seite. Mit einem Wort, ich habe mich als Retter und Held fühlen können, und ihr fiel die Rolle des Wohltätigkeitsempfängers zu. Sie war das Ritterfräulein, das zu mir aufblicken mußte. Ich war der Drachentöter. Sie war das arme Ding, das ich wieder aufbaute. Sie machte Sachen falsch, und ich zeigte ihr, wie man sie richtig machte. Sie war hilflos, und ich war dynamisch. Mein ganzes Leben hat sie mir mit ihrem Elend dazu verholfen, Superman sein zu dürfen. Ich war ein Held. Ich war der Gute. Ich war mächtig. Und ich war heillos überfordert. Der riesige Popanz, zu dem ich mich aufblies, hatte ein Gegenstück: ein winziges überfordertes kleines Mädchen, das sich selbst nicht zu helfen wußte. Auch das war ich.

So besehen ist es ganz natürlich, daß ich keinen Dank erntete von ihr, sondern Neid und Mißgunst. Am Ende, so fand sie, hatte ich eben nicht genug für sie getan. Ich hätte ihr mein Leben geben sollen, so fand sie. Und sie nahm es mir übel, daß ich das nicht tat. Ich stellte mich als das heraus, für was sie mich immer gehalten hatte. Ihre Todfeindin. Ich stand zwischen ihr und der Sonne.

Nach dem Tod meines Vaters kann ich nicht mehr schreiben. Ich versuche, über mich und meine Schwester zu schreiben. Ich fange an, immer wieder, und scheitere immer wieder.

Sechs Jahre vergehen, in denen ich nicht schreiben kann. Ich weiß heute noch nicht, was da mit mir geschah.

Von meiner Schwester höre ich selten in dieser Zeit. Sie ist ganz verschwunden in ihrer eigenen dunklen Welt. Niemanden läßt sie da hinein. Manchmal taucht sie auf und ruft mich an, vielleicht um mir zu sagen, daß sie heute weniger Angst hat als sonst oder daß sie heute besonders schlecht atmen kann und daß sie nicht aus dem Haus geht seit Tagen oder daß sie so traurig ist, so traurig wie ein kleines Tier. Sie kann mir nicht sagen, warum. Wir sprechen nie über meinen Vater. Wir sprechen auch nie über mich. Sie will nichts hören von mir. Sie ist ganz damit beschäftigt, so scheint es mir, zu überleben. Manchmal ruft sie mich an und will etwas von mir. Ich spüre das. Ich weiß aber nicht genau, was sie will. Sie kann es mir nicht sagen. Beistand? In welcher Form? Nähe? Eine vertraute Stimme? Lachen? Ich kann sie nicht mehr zum Lachen bringen wie früher. Ich fürchte ihre Anrufe.

Nach sechs unfruchtbaren Jahren gelingt es mir schließlich, eine längere Geschichte zu schreiben. Es ist eine Geschichte, die meine Studenten von der Filmhochschule von mir verlangen – für ein Projekt, an dem sie arbeiten. Der Bann scheint gebrochen. Ich bin voller schüchterner Hoffnung.

Als nächstes beginne ich, eine lange Geschichte aus meiner Kindheit zu schreiben. Es ist eine ausgedachte Geschichte, aber die Protagonisten ähneln den Mitgliedern meiner Familie, und die Handlung spielt in der Zeit meiner eigenen Kindheit und an einem Ort, den ich als Kind zur Sommerfrische besucht habe. Während ich schreibe, fühle ich in mir ein großes Glück und eine überwältigende innige Liebe zu der ausgedachten Schwester in meiner Geschichte. Ich schwelge in diesem Gefühl.

Als ich schon einige Seiten geschrieben habe, erleidet meine Schwester einen Anfall und fällt ins Koma. Ich fahre jeden Morgen mit dem Zug zu ihr und am Mittag wieder zurück, um zu schreiben. Ich kann nicht aufhören zu schreiben. Ich rette mich in diese Geschichte. Ich muß weiterschreiben. Wenn ich nicht schreibe, kann ich nicht aufhören zu weinen, denn dann werde ich hinausgestoßen aus dem langen sanften Kindheitssommer am See, hinaus in die fürchterliche Wahrheit meiner Schwester, in die eisige Stille der Intensivstation, in den Geruch dieses Zimmers, in dem nur die Apparate zu hören sind, wie sie klicken und gurgeln.

Am Morgen wachen wir davon auf, daß die Wiese vor dem Haus gemäht wird. Wir hören den satten Ton, wenn das Sensenblatt in die Kräuter beißt. Wir hören das rauhe Zischen des Wetzsteins, das Lachen der Knechte, die schräg am Hang stehen. »Was passiert mit all den Tieren im Gras«, frage ich ängstlich. »Sterben die alle?« – »Glaube ich nicht«, sagt meine Schwester. Sie denkt sich für mich eine Geschichte aus und zeichnet sie. Sie erfindet eine neue Tiergattung. Sie heißen »Käuse« und leben von Blumen, haben buschige Ohren, sind grün, und ihr Bauch ist rund und rot. Sie haben Blatthäuser auf der Wiese, die können sie verstecken, und ihre Kinder werden aus Salatköpfen geboren. Meine Schwester geht in die Zwergschule, drunten im Tal. Sie läuft jeden Tag eine Stunde bergab und eine Stunde bergauf. Das ist ihr Schulweg. Ich beneide sie darum. Eines Tages laufe ich ihr nach bis ins Dorf. Sie muß mich mit ins Klassenzimmer nehmen, weil sie nicht weiß, wohin mit mir. Sie schämt sich meiner. Sie ist böse. Sie verzeiht mir diesen schrecklichen Nachmittag lange nicht. Meine Mutter auch nicht.

Unsere Großtante näht uns zwei grüne Gesellen. »Käuse«. Wir spielen mit ihnen. Meine Schwester denkt sich alle möglichen Geschichten für sie aus. Ich bewundere sie grenzenlos. Sie zeichnet wunderbar. Sie kann stricken. Sie kann sich selbst Zöpfe flechten. Manchmal muß ich beim Spielen ihr Baby sein. Dann wickelt sie mich in Tücher, und ich muß stundenlang liegen bleiben und Tee aus einer Flasche trinken. Ich mache alles gerne mit, wenn sie nur mit mir spielt.

Später, als wir größer sind und in der Stadt wohnen, erzählen wir uns abends Geschichten im Bett, romantische Geschichten von Männern, die auf wilden Pferden reiten, lange dunkle Locken haben und sich in uns verlieben und mit uns fortreiten. Immer noch ist sie mir überlegen und kennt sich besser aus als ich, bei allem, wovon unsere Geschichten handeln: Zigeuner, Ritter, Renaissancekleider, Feuerwerk, Wasserspiele und Barockschlösser. Die Geschichten laufen so, wie sie es will, das ist mir recht. Ich will einfach, daß sie sich mit mir unterhält.

Als meine Mutter sagt, sie gehe fort aus dem Haus, weg von der Familie und lasse meine Schwester allein zurück – ich glaube, es geht wieder ums Nägelkauen –, als sie sagt, ich solle meinen Schulranzen holen, sie nehme mich mit, da habe ich nicht mehr genug Mut, zu meiner Schwester zu stehen. Ich habe solche Angst, von meiner Mutter verlassen zu werden, daß ich zwar um meine Schwester weine, aber den Schulranzen hole. Eine schreckliche Szene. Ich sehe meine Schwester auf dem Boden kauern, in einem blauen Sommerrock und Unterhemd. »Ich tu's nicht mehr«, heult sie. »Ich versprech's. Nie mehr!« – »Sie tut's nicht mehr«, heule ich. »Sie tut's nicht mehr!« Aber meine Mutter ist furchtbar in ihrem Zorn und kalt und dunkel. Sie steht mitten im Zimmer wie ein Hagelsturm. Ich habe Angst vor ihr und gleichermaßen Angst, daß sie uns im Stich läßt. Sie hat gesagt, sie sei so enttäuscht von uns, wir seien keine guten Kinder. Faul, undankbar und ungehorsam. Sie schimpft uns beide zusammen.

Abends im Bett erzählen wir uns die Geschichte weiter. Unsere beiden jungen Heldinnen werden vom Blitz erschlagen, als sie nachts im Garten zwischen den Lorbeerbäumchen auf ihre Geliebten warten. Die beiden jungen Männer finden die toten Mädchen und weinen. Sie sind verzweifelt. Sie werden nie mehr andere Mädchen lieben können. Das ist ein tröstlicher Gedanke.

Als ich achtundzwanzig geworden bin, mache ich meine erste Gruppentherapie. Ich arbeite in einer Galerie. Mein Vater sagt: »Komm nach Hause zu mir, da ist für alles gesorgt. Ich kann dir kein Geld geben, sonst muß ich auch deiner Schwester Geld geben. Das verstehst du doch.« Ich glaube, ich verstehe das. Ich will nicht zu meinen Eltern ziehen, unter keinen Umständen, das weiß ich genau. Meine Schwester ist glücklich verheiratet und hat zwei Söhne. Sie arbeitet nicht und beneidet mich um meinen Job in der Galerie, um meinen Liebhaber und darum, daß ich für mich und die Kinder eine große heruntergekommene alte Wohnung gefunden habe, die nicht viel kostet und in der noch Kachelöfen stehen, und dann die Möbel, die komischen wackligen Möbel vom Sperrmüll, all das gefällt ihr. Im Haus meiner Eltern gibt es alles im Überfluß, den wunderbaren Garten mit dem Pool, im Keller die Sauna. Es gibt einen vollen Kühlschrank. Meine Kinder sind gerne bei meinen Eltern, den Vettern, der Tante, damals jedenfalls noch. Ich bringe sie zu meinen Eltern und mache eine Wochenendtherapie.

Drei Tage lang sitze ich dabei und höre zu. Ich selbst kann nichts sagen, jedenfalls über mich kann ich nichts sagen. Ich sage schon was und bringe alle zum Lachen. Ich bin der Liebling der Gruppe, der Clown, aber ich habe nichts davon. Das weiß ich damals noch nicht. Eigentlich will ich mich nur wohl fühlen und geliebt werden, und ich möchte lachen, und auch die anderen sollen lachen. Dann, am letzten Tag, sagt die amerikanische Therapeutin zu mir: »Just say to yourself – I laugh because I can't cry«, und ich sage das oft und strenge mich an und muß nicht weinen und bin heimlich stolz darauf. Und dann sagt der Trainer zu mir: »Was ist los mit dir?«, und ich sage: »Ich finde die Tür nicht in mich hinein.« Und er sagt: »Mach die Augen zu. Beschreib mir die Tür.« Und ich sehe die Tür sofort, und ich stehe vor der Tür, sie hat eine hohe hölzerne Schwelle, die mir bis zur Brust geht. Und ich bin wieder dreijährig, und es ist Winter und kalt, und ich stehe an der Schwelle der Schlafzimmertür, und drinnen liegt meine Schwester im Bett und ist sehr krank. So krank, daß meine Mutter immerzu weint und betet und Umschläge macht und Grießbrei kocht und die Holztreppe hinaufrennt und hinunter. Und so geht das schon seit Tagen. Und ich kenne meine Aufgabe. Ich muß meiner Mutter helfen und sie trösten, und auf gar keinen Fall darf ich ihr Arbeit oder Ungelegenheiten machen, sonst kann sie nicht mehr, und ich fühle, sie ist am Ende, und wenn sie aufgibt, dann ist es aus mit uns allen. Mir darf nicht kalt sein, und ich darf auch keinen Hunger haben, und ich darf unter keinen Umständen weinen. Meine Schwester hat hohes Fieber, und sie kauert im Bett und heult wie ein kleiner Wolf und will sich das Nachthemd ausziehen. Und draußen liegt hoher Schnee. Und das alles sehe ich in Sekundenschnelle. Es blitzt an mir vorbei, und doch bin ich mittendrin und stehe da an der Holzschwelle, die mir bis zur Brust reicht, und wünsche, daß meine Schwester stirbt und nicht mehr da ist. Dieser Wunsch ist so stark wie mein Wunsch nach Essen und danach, daß mich die Mama auf den Arm nimmt und tröstet. Und da stehe ich, starr vor Entsetzen, denn ich weiß, daß mich die Mama nicht mehr liebhaben wird, wenn ich die Schwester töte mit diesem meinem Wunsch, und ich glaube, daß mir das möglich ist.

Noch heute manchmal werde ich traurig, so gegen fünf Uhr nachmittags im Winter, wenn es anfängt, dunkel zu werden. Es ist keine gewöhnliche Traurigkeit, sondern eher ein Gefühl aus der Kindheit. Ein Gefühl der Verlorenheit und der Hoffnungslosigkeit, und natürlich geht es bald vorüber. Ich glaube, dieses Gefühl kommt von damals zu mir, unauflöslich in meine Erinnerung gewoben, wie ebendieser Tag, dieser Wintertag, den ich nie vergessen habe.

Ich bin krank und liege im Bett, es ist nichts Ernsthaftes, aber trotzdem verbietet meine Mutter mir sehr eindringlich, aufzustehen und im kalten Haus herumzulaufen. Es ist früh am Morgen und noch nicht hell, und ich weiß, daß meine Schwester sehr krank ist und daß sie hinuntergebracht werden muß ins Tal. Sie kann es nicht schaffen zu Fuß durch den hohen Schnee den Berg hinunter, auch das weiß ich, und sie will sich nicht anziehen lassen und wehrt sich dagegen, als meine Mutter sie in Decken wickelt und verschnürt wie ein Bündel. Ich stehe dann doch heimlich auf und sehe durch das Fenster, wie das große weiß-grau gefleckte Pferd aus dem Dorf meine Schwester, langsam und vorsichtig nach Halt suchend, den Hang hinunterträgt. Der Himmel ist bleich und voller Schnee. Ich sehe die Flocken fallen gegen den schwarzen Waldrand hinter dem Stadel. Der Bauer geht voraus und zieht das Pferd am Kopf, und meine Mutter stapft neben dem Pferd her durch den tiefen Schnee. Ich sehe, daß sie immer wieder hinfällt und wieder aufsteht. Dann verschwindet der Trupp am Heustadel im Wald, und ich schlüpfe in mein Bett.

Ich kenne das Pferd, ich habe schon einmal gesehen, wie dieses Pferd heraufgekommen ist und dann die kleine Kiste ins Tal getragen hat, in der der Wastl lag, das Baby, das an Hirnhautentzündung gestorben war. Meine Mutter hatte mir erklärt, daß Wastl tot sei und nicht wiederkomme.

Meine Mutter und meine Schwester kommen nicht wieder.

Ich warte und horche hinaus, ich höre nur das Haus, das leise knackt und kracht, wie es das immer tut. Ich warte und warte. Draußen fällt der Schnee, es wird nicht richtig hell. Zuerst singe ich ein bißchen und spiele auf meiner Mundharmonika, aber dann fange ich an, mich zu fürchten und zu weinen. Ich habe Durst, aber ich wage mich nicht mehr aus dem Bett und liege dort ganz still und voller Angst. Ich liege da, so allein, als läge ich am Grunde eines Ozeans aus fallendem Schnee. Ich stelle mir das Haus am Hang vor. Ich bin der einzige warme Kern in dieser schwarzen knarzenden Holzkiste, die verschwindet im Weiß.

Die Zeit vergeht so langsam für mich. Ich schlafe immer wieder ein und wache auf, mit der Gewißheit, meine Mutter sei zurückgekommen. Ich weine lange, weil sie nicht da ist.

Dann, als es anfängt dunkel zu werden, weiß ich, daß sie nie mehr zurückkehren wird, und ich gebe mich auf.

Ich weine nicht mehr. Ich schlüpfe unter die Decke und warte auf mein Ende.

Meine Mutter kommt irgendwann in der Nacht nach Hause. Sie hat meine Schwester im Krankenhaus zurücklassen müssen.

Mein Schwager ruft an und sagt, meine Schwester habe einen Asthmaanfall gehabt und liege im Koma. Es ist Sommer und heiß, und da ist meine Schwester, rosig und etwas betaut vom Schweiß, und schläft. Sie sieht zufrieden aus.

Im Zug habe ich immerzu an die vielen Zugfahrten denken müssen, die ich zu meinem kranken Vater unternommen habe auf dieser Strecke. Im Sommer bei großer Hitze. So wie jetzt. Und ich denke abergläubisch, daß das ein schlechtes Zeichen ist, denn er ist im September gestorben, kurz vor seinem neunzigsten Geburtstag. Alles vermischt sich, und ich sitze im Zug, der mich durch die Sommerlandschaft trägt, und denke wieder, wie damals, so sieht es in der Hölle aus, diese klebrigen roten Plastiksitze und diese verfluchte harmlose Landschaft, die am Fenster vorbeiflitzt.

Ich sage mir immer wieder, daß sie aufwachen wird, und es ist fast so, daß ich glaube, ich könnte sie wieder aufwecken, wenn ich erst einmal bei ihr bin und wenn ich dann nur die richtigen Worte finde, den richtigen Ton treffe.

Und da ist sie, rosig und betaut, und sieht zufrieden aus, bis auf den Schlauch in ihrer Nase, der unschön mit einem breiten weißen Pflaster festgeklebt ist, und als ich ihre Hand fasse, sind auch dort irgendwelche Schläuche festgemacht, und das Bild von der zufrieden Schlafenden löst sich auf, und Entsetzen packt mich, und ich muß sie anfassen und fasse sie an, im Gesicht und an den nackten Armen, und sie ist warm und fühlt sich an wie immer, und ich setze mich neben ihr Bett und weiß mit einem Schlag, daß sie fort ist, fortgegangen, schon längst, und daß sie nicht mehr zu Hause ist in diesem Körper. Und daß sie mir zusieht und daß sie sicher darüber schmunzelt, wie ich diesen Körper, in dem keiner mehr wohnt, anschreie, ihn streichle und weine, ihn schüttle und an den Haaren ziehe und auf ihn einrede. Die hören nichts mehr, diese Ohren. Oder doch? Wer kann das sagen? Ich rede mit ihr, nicht um sie zu erreichen, sondern um mich zu erleichtern. Ich sage alles, was mir einfällt, auch daß ich es respektiere, daß sie sich so davongeschlichen hat, mehr noch, daß ich es verstehe und daß es trotzdem so weh tut. »Dummes, gemeines Luder«, sage ich, und fast höre ich sie lachen, wie in unseren besten Zeiten.

Später steigt die Angst in mir auf, daß sie doch noch da ist, eingesperrt in diesen Körper, den sie be- und entsorgen mit vielen Schläuchen, und daß sie herauswill und es nicht kann.

Die Ärzte sagen, sie sei hirntot, und wenn sie, was nicht anzunehmen sei, wieder aufwachen würde, unfähig zu leben. »Wie ein Gemüse«, sagt der befreundete Arzt, den wir herholen und um Rat fragen.

Und ich, in meinem Superman-Anzug, dem alten verblichenen, will sie freisetzen, will die Schläuche nehmen. Noch einmal ist ihr Körper auch mein Körper. *Ich* will nicht so liegen und vor mich hin vegetieren, und *ich* will nicht ins Pflegeheim, denn da wird sie bald hinmüssen, auf der Intensivstation kann sie nicht bleiben.

Zu meinem Glück lassen sie mich nicht. Sie erlauben mir nicht, sie zu retten. Die Familie meiner Schwester denkt nicht wie ich, und ich sehe ein, daß ihre Söhne noch Zeit brauchen, um ihre Mutter loszulassen, und daß es gut ist, wenn sie noch ein bißchen bleibt, wenigstens diese Hülle von ihr, denn das ist nicht mehr meine Schwester, obwohl ihre Füße, wenn ich sie massiere, so riechen, wie sie immer gerochen haben: vertraut. Grauenhaft vertraut.

Das dauert ein paar Wochen, in denen ich nicht schlafen kann und froh bin, daß meine Kinder um mich herum sind und mich ablenken.

Sie stirbt im Schlaf, leise und ohne großes Aufheben und ganz allein an einem Sonntagabend.

Ich spreche noch einmal mit ihr in einer Séance. Es hat mir keine Ruhe gelassen. Ich will wissen, wie es ihr geht. Sie spricht zu mir durch den kleinen rubinroten Mund eines Mediums. Die hübsche rundliche Frau im roten Kleid ist meinetwegen aus England gekommen, um dieses Gespräch möglich zu machen. Meine Schwester läßt mir sagen, Sterben sei nicht schlimm, es sei, als schliefe man in einem Zimmer ein und wachte in einem anderen auf, so höre ich. Ein Mann, läßt sie mir sagen, habe dort auf sie gewartet, dort in diesem Aufwachzimmer, und er habe sich sehr auf sie gefreut und sie sich sehr auf ihn. Meine englische Dolmetscherin zwischen dem Dort und dem Hier beschreibt ihn. »Oh, he's so good looking!« sagt sie genießerisch. Sie kann ihn sehen, ich nicht. »His nose … well.« – »Big?« rufe ich. »Is his nose big?« Sie hat nicht gewagt, das auszusprechen. »Yeees!« sagt sie, jetzt erleichtert, und wir lachen beide. Es ist offenbar mein Vater.

Meine Schwester ruft an, von einem Bahnhof, irgendwo. Ich soll sie dort abholen, zu Hause erreicht sie niemanden. Es ist spätabends, und sie ist außer sich vor Angst und Verlorenheit. »Wo soll ich denn hin?« fragt sie. »Wo soll ich denn hin?« Ich kann nicht zu ihr kommen. Ich habe kein Auto und einen Tisch voller Arbeit. Es ist nicht das erste Mal und nicht das letzte Mal. Ich habe zwei halbwüchsige Kinder, die auch oft anrufen und irgendwelchen Kummer, irgendwelche Probleme haben. Ich habe heute keine Kraft übrig für meine Schwester. Ich beruhige sie am Telefon. Ich versuche erst, sie zu überreden, in einem Hotel zu übernachten, aber das macht ihr zu große Angst. Es gelingt mir, sie zu überreden, auf dem Fahrplan nach einem Zug zu schauen, der nach München fährt. Sie findet einen. Sie kommt. Ich verspreche, sie abzuholen.

Später sitzt sie am Tisch und ißt Spaghetti. Sie kichert, als ich ihr Vorwürfe mache. Sie möchte Zitronenlimonade und sieht ganz ernst und versunken zu, wie ich welche für sie mache.

»Immer fährst du weg, irgendwohin. Ohne was zu sagen, ohne ein Ziel, ohne Grund ... Warum nur, warum nur machst du das?« sage ich. Sie schaut mich an, und einen Augenblick lang sieht sie aus wie das Mädchen, das neben mir gesessen und mir aus der Zeitung vorgelesen hat. »Geliebte Corinna«.

»Ich muß das machen«, sagt sie. »Ich möchte nach Hause. Ich möchte einfach nach Hause. Verstehst du das?«

So oft habe ich geglaubt, ich sehe meine Schwester, an allen möglichen Orten. Solange ich denken kann, eigentlich mein ganzes Leben lang, hatte ich immer wieder das Gefühl, ihr irgendwo zu begegnen.

Ich erkannte sie sofort, erkannte sie, ohne nachzudenken, ohne genau hinsehen zu müssen. Es spielte keine Rolle, wo ich mich gerade aufhielt und ob es gerade dort gänzlich unmöglich schien, ihr zu begegnen. Auf der Straße verfolgte ich fremde Frauen, weil ich glaubte, sie seien meine Schwester. Auf einem Flugplatz irgendwo am Ende der Welt sah ich, wie sie sich einen Weg durchs Menschengetümmel bahnte. Ich sah sie stehen, ganz still, ganz versunken vor den Bildern in einem menschenleeren Museum. Ich entdeckte sie über viele Köpfe, Rauchschwaden und Lichtspiele hinweg, nachts, an einem Tisch in einem überfüllten Restaurant. Sie kam mir im Regen entgegen auf dem Fahrrad, die Kapuze tief in die Stirn gezogen, aber ich erkannte sie sofort. Im Zug, ans Fenster gelehnt und schlafend, fuhr sie an mir vorbei, hinaus in die Abenddämmerung. Sie trat neben mich an den Wühltisch und kramte in den Billigunterhosen. Ich konnte sie riechen. Und eine Minute lang wagte ich nicht, den Blick zu heben, und wollte einfach nach ihrer Hand greifen, nichts weiter.

Immer wenn sie mir irgendwo so begegnete, durchzuckte mich ein helles freudiges Erkennen, und mein

Mund machte sich bereit, zu lachen und ihren Namen zu rufen, ganz so als könnten wir in diesem Augenblick noch einmal alles von vorne beginnen und gutmachen.

Auf ihrer Beerdigung sah ich sie nicht. Ich wartete nicht wirklich darauf, obwohl ein Teil von mir, den meine Vernunft nie erreicht, zäh auf sie wartete. Wir, die Familie – ihr Mann, ihre Söhne und ich mit meiner Tochter und meinem Sohn –, wir, ihre Familie, drängten uns neben dem schwarzen feuchten Weg zusammen wie eine verschreckte Schafherde im Gewitter. Ich hatte einen Strauß blaue Anemonen für sie, meine Tochter blaue Wicken, mein Sohn weiße Lilien: Blumen, die sie liebte. Ich mußte nicht weinen. Ich dachte an meine Schwester, stellte mir vor, wie sie lächelt und mir zuzwinkert. Ich schloß die Augen. Ich mußte darauf achten, nicht auch zu lächeln. Später weinte ich doch, aber erst als ich wieder die Augen öffnete und die Gesichter ihrer Söhne sah und das Gesicht ihres Mannes. Da weinten wir alle und umarmten uns gegenseitig, zusammengedrängt neben dem Weg, und zum ersten Mal fühlten wir alle, daß sie fort war und daß sie fehlte in unserer Gruppe von verschreckten Schafen und daß unsere Umarmungen uns nicht trösteten oder beruhigten, weil wir alle sie gebraucht hätten, um hier zusammen zur Ruhe zu kommen.

Wir tun uns zusammen, wir Übriggebliebenen, und sitzen an einem liebevoll gedeckten Tisch beim ersten Weihnachtsfest ohne sie. Es ist der erste Feiertag, und mein Schwager hat eine Gans gemacht, und mein Neffe hat uns alle bei sich aufgenommen, denn ich schaffe es nicht, die Familie zu mir einzuladen. Es ist, als hätten mich nun all die Kräfte verlassen, die man für ein Familienfest braucht. Ich kann meine alte Rolle nicht mehr spielen.

Meine Neffen und mein Sohn haben ihre Freundinnen mitgebracht, und alle freuen sich darüber, einander wiederzusehen, und es wird viel umarmt, gefragt und geantwortet. Es tut allen gut. Und da sitzen wir zusammen und trinken und essen, und wir sind freundlich zueinander, und wir lachen, und wir sprechen auch liebevoll und scherzend von ihr, und das Essen ist gut, und ich erlaube mir erst nach und nach zu spüren, welche Verlorenheit mich gepackt hat, eine Verlorenheit, die immer stärker wird und mich kalt macht und todmüde. Ich spüre ihre Abwesenheit, und wenn ich sie in den letzten Jahren ihres Lebens für abwesend gehalten habe, dann weiß ich jetzt, daß sie da war bis zum Ende. Ich begreife, mit welcher Macht sie da war, als Mittelpunkt ihrer Familie und mein Gegenpol. Ich fühle mich von ihr im Stich gelassen, allein, ohne meinesgleichen und wie ausgesetzt in der Welt. Als die übrige Familie zu einem Spaziergang aufbricht, muß ich mich auf ein Sofa legen und schlafe dort ein wie ein Stein. Aber es ist nur ein Aufschub, und später zu Hause, nachts, allein, weiß ich, daß dies alles erst der Anfang ist.

Vor fünf Jahren ist sie gestorben.

Gestern habe ich von meiner Schwester geträumt. Ich sah sie auf einer Bank sitzen, an einer Bushaltestelle, um sie her wimmelten Menschen, die offenbar zur Arbeit gingen und es eilig hatten, Bündel schleppten, Koffer, Taschen, Brotlaibe, Vogelkäfige, Werkzeugkisten. Meine Schwester saß auf einer Bank und lachte, den Mund weit geöffnet – »wie ein Pavian«, hätte ich als Kind zu ihr gesagt, und sie hätte mir geantwortet, der Affe sei ja wohl ich. Sie lachte Tränen dort auf dieser Bank im Gewühl zwischen den Menschen. Ich konnte nicht stehenbleiben und wurde weitergeschoben. Immer wenn ich mich nach ihr umschaute, sah ich sie lachen.

Ich halte das für ein gutes Zeichen.